配错

慕秋（香港） 著

The Mismatched

企业管理出版社
ENTERPRISE MANAGEMENT PUBLISHING HOUSE

图书在版编目（CIP）数据

错配 / 慕秋著．－－北京：企业管理出版社，2014.12

ISBN 978-7-5164-0971-8

Ⅰ.①错… Ⅱ.①慕… Ⅲ.①随笔－作品集－中国－当代 Ⅳ.①I267.1

中国版本图书馆 CIP 数据核字（2014）第 263816 号

书　　名：	错　配
作　　者：	慕　秋
责任编辑：	尤　颖　谢晓绚
书　　号：	ISBN 978-7-5164-0971-8
出版发行：	企业管理出版社
地　　址：	北京市海淀区紫竹院南路 17 号　　邮编：100048
网　　址：	http://www.emph.cn
电　　话：	总编室（010）68701719　发行部（010）68701816
	编辑部（010）68456991　68701891
电子信箱：	80147@sina.com
印　　刷：	三河市南阳印刷有限公司
经　　销：	新华书店
规　　格：	145 毫米 ×210 毫米　　32 开本　　7.625 印张　　130 千字
版　　次：	2015 年 2 月第 1 版　2015 年 2 月第 1 次印刷
定　　价：	29.80 元

版权所有　翻印必究·印装有误　负责调换

错配，无处不在

(序)

顺路去看伯母，告别时往她手里塞些港币，伯母说："不用了，我有钱，那'死鬼'（指已去世的伯父）留了几万块给我。"言语间，伯母已不再怨恨伯父，总说晚年得到他的关爱。

生活中夫妻的错配，亲情的错配，工作的错配，投资的错配……方方面面的错配，无处不在。"不如意事常八九，可与语人无二三。"错配是平常事，唯有以平常心对之，好像我的长辈们，追随着命运的轨道，弯也好，直也好，无论幸福还是痛苦，首先是不要伤害自身，不要伤害他人，然后，努力地往对的方向走，不悔不恨。

本书是我近年部分专栏文章的集结，谈的是人世间的爱情、亲情、友情，海内外民风民俗，以及我眼中的一路风景、奇谈怪思。书名"错配"虽取自书中一文的标题，却代表了生活的无尽疑惑和生命的种种遗憾。

此自序写于父亲的四周年忌日。感谢父母的养育之恩！感谢家人给予的无限温暖！感谢所有爱护帮助我的人们！

慕　秋　于九龙塘
2014.5.3夜

目　录

香港写真

永远的淑女 3

传媒春秋 5

苍茫夜色 9

乳燕展翅 12

居室蔽风日 16

做个良民 19

体验科学奥妙 22

温馨会所 23

视觉享受 24

高薪金，高消费 26

学习理财 27

小单位靓装修 28

独树成林 29

送金最实际 30

择妻论	31
马死落地行	32
银铃声声	33
偶然又偶然	34
新界地皮	35
港式云南米线	36
年初一早餐	37
许愿节大塞车	38
带菌生蚝	39
学生养老师	40
幼儿学写字	41
豪宅多用途	42
买楼题外话	43
两面夹击	44
古朴东方美	45
元朗新街	46
筹谋退休花费	47
舒适村屋	48
好学即财富	49

心律失常...50
东瀛桃香...51
十铢吃泰餐...52
中世纪百宝箱...53
吓了一跳...54
忙碌童年...55
有计划妈妈...56
新香米抵港...57
新派粤菜...58
诱人茶点...59
郊游好时光...60
乐富新街市...61
孙女入名校...62

人生畅忆

秘密夫人...65
阿咪姐姐...67
神奇立体书...71
时间淡化悲伤...72

偷笑乌龟..................................73

网上购物..................................74

女佣还乡..................................75

润宅墨宝..................................76

大战黑蚁兵团..............................77

凉拌高粱面................................78

范仲淹后人................................79

争夺源于天性..............................80

一方水土..................................81

书架留痕..................................82

智慧玩伴..................................83

脊椎长骨刺................................84

盈月照竹床................................85

幽悠茶香..................................86

鲜美山坑鱼................................87

庆生享天伦................................88

诊所酒会..................................89

明天会更老................................90

四十八年前................................91

刹那芳华 92
人之初心理 93
语言基因 94
首饰时尚 95
无价亲情 96
如花容貌今安在？ 97
孩子像谁 98
钟点女佣 99
欢乐大礼堂 100
乱了荷尔蒙 101
陌生的祖母 102
菲佣生日 103
地震的恐惧 104
豆腐鱼祖母 105
孩子没食欲 106
悠然见南山 107
藤条教孙 108
旅途驿站 109
家姐没有来 110

公主那只鞋.................................111

猫这东西.................................112

人生是苦.................................113

衣柜留白.................................114

玉镯碎...................................115

难忘师恩.................................116

享受羊肉.................................117

闲情趣评

千禧三部曲...............................121

别相信任何人.............................123

民间寻宝.................................126

神经爆炸力...............................129

优雅女性.................................130

一昔如环.................................131

贵气装潢.................................132

月下看美人...............................133

谁对谁错.................................134

骑马舞风行...............................135

同起同跌	136
失落的面纱	137
胀爆荷包	138
葛莉丝·凯莉	139
精神病杀手	140
潮州人爱金	141
京味文学	142
内心富贵	143
干练女人	144
照片的无奈	145
翩翩帅哥	146
另一双眼睛	147
婆媳亲情	148
浮萍人生	149
山里的孩子	150
套装女性	151
混合血统	152
女王的微笑	153
空来空去	154

洪洞籍保姆..................................155

银河落赌盘..................................156

惊艳水舞间..................................157

繁华地路氹..................................158

老人与房产..................................159

天性各异....................................160

谍报魔影....................................161

儿孙助延年..................................162

游南沙......................................163

友情有头无尾................................164

各有特质....................................165

旺家女人....................................166

凯特不怕风..................................167

催熟心智....................................168

改良容貌....................................169

瘾病难除....................................170

王后理财....................................171

爱的果实....................................172

眼睛后面....................................173

我爱马拉拉..174

梦中家园..175

谁写族谱..176

阴霾下的西安....................................177

开启母性..178

优雅老妇..179

贝二玲三..180

多给些太太..181

古怪脾性..182

栽培儿女..183

英才摇篮..184

女人爱色彩..185

红艳甜柿..186

学子扬威..187

情殇错配

浓淡夫妻情..191

伤心母亲..193

潇洒走一回..195

婚姻新形式..................................197

百合花与花瓶................................198

蜻蜓圆舞曲..................................199

智勇追君子..................................200

女人非宠物..................................201

豆腐白菜之爱................................202

不忠诚......................................203

金裤带......................................204

画外美人....................................208

竹门对朱门..................................209

不钓金龟婿..................................210

离不离婚?...................................211

最恨是谁....................................212

不知丈夫心..................................213

离婚不痛苦..................................214

潮州人娶妻..................................215

忠贞不二....................................216

不动声色....................................217

仪态万方....................................218

昙花一现	219
剑刃自身	220
不嫁也好	221
月亮，酸了	222
"小三"还钱	223
无结局交往	224
才女迟暮	225
错配夫妻	226

故事，远未开始（跋） 227

香港写真

永远的淑女

自年中搬到九龙塘居住后,便被这里迷人的特殊风采所深深吸引。

每天清晨,几乎每一条有学校的街道都塞满了校车、私家车,人车争路,却也静静的,不见喧哗。那些夹杂在学校之间的单幢住宅,偶有打开铁栏的,但见里面绿草茵茵、花团锦簇,犹如世外桃源般清爽。从教堂走出的人群,着装之高贵,举止之儒雅,个个好似绅士淑媛。

一晚,在一家私人会所进餐,邻近的老夫人不断朝我怀中的孙儿微笑,见到我留意她,也报以慈祥的笑容。

啊!天哪!这是怎样一位淑女婆婆啊!大概也只有在九龙塘才会见到吧!

老夫人戴着淡茶色的眼镜,镜片下的面颊上,竟有着两块半隐半现的、粉扑般大小的玫瑰红胭脂,这胭脂形状之圆,两边高低之对称,堪称一绝。看她的年龄,应在八十五岁上下了,但她的皮肤,怎样形容呢?仍是皮光肉滑的。看着她,便知她祖籍是苏沪浙一带的美人儿了。

是的,江南女人的美,主要在于皮肤的细腻。长江水经过上峡的冲刷,中峡的急流,下峡的静淌,到达苏浙平原时,已是柔得不能再柔了。在这遍地是长江支流的水乡,多的是花娇月艳、玉润珠明的女子啊!

九龙塘这位老夫人,令我想起离别了几十年的江南故乡,以及一位同宗的婆婆。婆婆原是常州一户大地主的填房,丈夫去世后,她带着女儿改嫁到我们镇上。她的沉默,她的美貌,她那变化无穷的旗袍,腋下洁白的方巾,永远是人们的话题。她的女儿成人后去了上海,鲜有返家。一年中秋,皓月当空,她在我家人同意下,要八岁的我陪她睡一晚。

原来,她是与丈夫分房睡的。当晚,她房中的灯光,桌上水果月饼的气味,以及她身上好闻的体香,至今仍留在我的记忆中。我母亲一辈的江南女人,许多是不用肥皂洗澡的,她们认为用肥皂会伤皮肤。九龙塘这位老夫人也一定有她独特的护肤之方吧,否则,单有先天的好细胞,没有后天的保养,也难以美丽到晚年。

一次,在喇沙利道上,还见过一位与众不同的老妇人,她打着碎花布洋伞,上身是大花衫,下穿黑绸宽腿裤,乌黑的卷发飘动着。而另一次在义德道路口,又见到一位类似打扮的老妇人,开着一辆宝马在等红灯。我很想知道,九龙塘这块地方有着多少位这样永远的淑女?她们是在20世纪中期国民党兵败时跟随父亲或丈夫来到这里的吗?她们看着窗外历史的更替、时尚的潮起潮落,却坚守着自己惯有的衣着装扮,悠然自得地生活着,多么难得啊!

她们在永恒的美丽中老去,在世人的注目下优雅地独步。

九龙塘,因着她们而陡添几分神秘。

传媒春秋

我进入香港传媒界工作，可说是半路出家。

20世纪80年代初，我曾在曼谷生活了颇长一段时间。作为自由撰稿人，为《新中原报》和《中华日报》写稿，诗、散文、小说等形式不拘。泰国当时共有七份华文报，读者多为华侨家庭。华文报的新闻版内容一般，但文艺性质的副刊版则丰富多彩，很受欢迎。

返国三年后移居香港，第一份正式的工作是进入一家出版社任编辑。出版社老板直言出不起高人工（工资），但会提供宽松愉快的工作环境。他笑说内地人才太多，如果出来一百万精英，香港人会饿死不少。他的公司不大，员工不足二十人。编辑部、美术部骨干皆是新香港人。老板说这里是一个"社会主义大家庭"，果不其然，同事间相处融洽，互补不足，出书效率很高。

我在这家公司学到许多编辑的基本功。香港20世纪80年代还没有电脑排版，需靠植字出咪纸，再出阴阳片（菲林）后上机印刷。责任编辑接手一本书，除了封面由美术部设计，从写前言到图片的分色处理，与作者的资料沟通，及制作书籍的每一个细节，都需编辑独立承担，这为我后来进入报界工作打下良好基础。

后来，老板有了移民他国的想法，他经常与我们讨论他两个儿子的前途问题。在他决定到美国波士顿开一间书店之前，我离开了这家出版社，随后在《美国侨报》（香港版）工作了三年，也是一段非常难忘的美好时光。

我于1993年进入《天天日报》任编辑。当时报馆的办公地址在北角的玉郎中心，后迁往观塘的鸿图道。新址供有几尊关云长的塑像，楼梯间烟雾缭绕。每逢初二、十六，办公桌上则摆满一盒盒的新鲜烧肉，同事们傍晚到公司，未开工先大快朵颐，气氛愉快。

那时的《天天日报》号称销量仅次于《东方日报》，全港排列第二。《天天日报》除了正常的新闻版面外，马经（介绍赛马消息、赛事场次、赔率及赛事结果等信息）、娱乐，甚至色情版，也是其主要特色。说来难忘，当时有一位签版的副老总，比较喜欢喝酒，估计上班时间也会悄悄喝上两口，不知是否因此而脾气不太好，当他见到差的版面、差的标题，会将版样扔于地上，要编辑改好再送来。他后来死于癌病。另一位签版的副老总水平也相当高，并时常兼写社评，他退休后去美国居住，几年后在美病逝。我从这些老前辈的身上，汲取到许多宝贵的经验。

1996年9月1日，京九铁路开通，我参与了在北京举行的发车仪式。还记得当天清晨北京西站锣鼓震天、军乐嘹亮，站台上人山人海，几个香港记者忙着采访竟忘了上车。火车开动了，我们在车厢里看见他们惊慌地追着火车奔跑，都不禁惊叫起来，但火车已不可能再停下来。这几位记者后来在北京有关部门的安排下，坐飞机追赶火车，终于在武汉站与香港采访团会合。我回港后连夜发稿发图，将有关新闻做了一个新闻专版。其中在车厢内对列车长、乘客、餐车服务员的采访手记，后被内地《参考消息》全篇转载，也受到时任总编辑的赞扬。

香港回归前，我参加了香港首期传媒培训班赴北京学习，培训班中有不少香港传媒机构的高层，也有不少资深采编，如邱诚武（时任《经济日报》采访主任）、陈钟坤（时任《东方日报》总采访主任）、李彤（时任亚视主播）、谭卫儿（时任电视广播公司助理采访主任）等。我们在北京听了多场各部委高官、专家的报告，系统了解内地政经、商贸、科技、传播等各方面的基本情况，并参观了中央电视大楼、人民日报社等一些机构。

在《天天日报》工作的那些年，可以说是非常的忙碌，晚上在"天天"上夜班，第二天下午另有一份兼职，到休息日，便为《新晚报》赶写两个专栏的稿件，这样的生活持续了好几年。

随着《苹果日报》的面世，给香港报业带来巨大冲击。《苹果日报》不仅陆续从各报挖角，其杂志化的悦目编排，以及减价促销，都令香港媒体不得不重新"洗牌"。《天天日报》在当时内外交困的痛苦中，一步步走上"消亡"之路。《天天日报》结业前半年，整个报馆已被一种伤感气氛所笼罩，好似世界末日般，人人都不开心。此时，我与不少同事选择了提前离职。

1998年初入《明报》时，仍非常挂念"天天"，有时半夜收工，会从柴湾开车回去探望旧同事。

《明报》的管理相对来说较为严谨，而且，整个新闻队伍年轻有朝气，学习气氛相当浓厚。高层鼓励加班上课、加班工作，往往是下午四五时到公司，一直做到凌晨两时。每天最紧张的时间是午夜十二时前后，上机印刷的"死线"在即，要赶时间又恐出错，真是精神体力差一点都不行。

《明报》的电脑化程度相当高，除了较复杂的美工图外，其他几乎全部由编辑一手包办，自己选图，自己做表，自己排版，最后拿给上司签版的需是自己从电脑打出的完整清样。编辑有此能力，是经过一番苦学苦练的。《明报》的版面像它的新闻一样干净，这是每个《明报》人心中的骄傲。

我在《明报》经历过许多重大新闻的报道，"9·11"事件的发生便是其中一次。大家一连两天不眠不休，出号外、出报纸、出专辑。我想，当时全世界传媒工作者的使命感和爱心都得到了一次史无前例的展现。

我职业生涯的最后三年给了《大公报》，那不仅是我发挥创意最好的三年，也是我收获友情最丰盛的三年。我曾试过连续四十二天无休息日，我与同事们也试过一天应接无数个版面，了解到什么是"极限"。

最近，看到陶杰《香港没有报业史》一文，有些奇怪。大至国家，小至家族，都可以有其产生发展的历史，为什么香港报业没有呢？陶杰认为，香港报业几十年，无一则可拿得上国际的独家新闻，反而是香港报纸的副刊，却是名家辈出，因此，他认为只有"香港报纸副刊史"。

其实，就我本人来说，也是比较喜欢阅读副刊的，但是，副刊只是报纸的一部分，怎可顾此失彼？拿得上国际的独家新闻，犹如报业史长河中的一朵美丽浪花，没有这朵浪花，难道报业史的长河就不存在了吗？这在逻辑上似乎讲不通。至于香港副刊所出名家，所出名作，归入"香港报业史""香港报纸副刊史"的同时，不也可归入"香港文学史"吗？

当今世界，电子书、电子报……电脑科技日新月异，像香港这样报纸仍受读者追捧的地方，已是寥寥无几。香港报业能有今天的骄人成绩，是无数传媒工作者呕心沥血的努力结果，其中一批出色的副刊作家，他们以超人的智慧、精湛的文笔，引领了香港人的认知，但更多的是无名小辈，他们的青春和他们的生命，早已点点滴滴融入了香港报业，构成了一部传媒春秋。

苍茫夜色

　　香港的夜景世界闻名，有亚洲明珠之称。从太平山顶的凌霄阁往下俯瞰，维多利亚港两岸的璀璨灯火，如繁星般耀眼夺目，万千甲虫似的车辆在星河中穿梭，天上人间连成一片。但夜晚终归不是白昼，灯光照不到的地方，便会露出其昏暗的一面。

　　我在报馆工作期间，曾度过十几年上夜班的日子，夜幕下的香港，在夜行者的眼中，另有一番景象。公司一位上司，已上了三十多年的夜班，他自得其乐，常"哈哈"声不断。他说靠这份薪水，不仅能养家糊口，还供两个儿子留学海外，返港都进了大公司工作。他半夜收工，常约三两知己宵夜，"海阔天空"聊至凌晨，回家倒头大睡，直到下午起身，吃顿老婆煮的可口饭菜，接着又回公司上班。他叹道，如此一天天的生活不知多快活。

　　他对年轻后辈颇多忠告，至今仍记得的有两条：一是夫妻千万不要打打闹闹搞离婚，夫妻失和，子女便没有了努力的方向，害自身事小，害儿孙事大。另一条，夜晚在外，身上一定要带些钱。

　　为何呢？缘于他的一次际遇：一天半夜收工后，他与老友喝完啤酒，回家途中进了一间公厕，小解过程中，另有一人进来立于他身后，他料今次或有麻烦发生，速速完事，本能地从钱包中抽出两张一百港元，随手放下便立即奔向门外，那人竟未跟随，算是化解了一场"危机"。报馆中凡听到这条忠告的，后来大都仿效，出门前先看看钱包里有没有几张百元钞票。

香港的夜晚除有一些"夜青""童党",甚至黑帮歹徒夜间出来行走或搞事外,靠打劫为生者其实并不多,所以社会治安基本上问题不大,反而是心浮气躁者,却时不时会见到。通宵工作的的士、小巴司机是较辛苦的一群,他们中一些人有时会因为超车等问题与同行反目,大爆粗口,口沫横飞至"仇家"不见了踪影方肯休战,如果乘客稍有"得罪",也会马上领教到许多难堪之语。

香港"才女"白韵琹于1993至1997年在新城电台开咪(编者按:"咪"指麦克风,这里意为在电台做节目),夜班当值司机大都开着收音机听她的"尽诉心中情"。她的节目从夜晚十时后持续至凌晨,许多人,尤其是女人,在空气中与她交谈,向她请教。感情烦恼者,婚姻现危机者……说者痛苦,闻者心惊。"尽诉心中情"收听率极高,在社会上引起很大的回响,也引发不少争议,对于有批评声音指她鼓励别人离婚,她曾辩解并无此意,仅是希望弱势妇女可自立自强。

一次在黄埔花园船景街,我听到凄惨的女子哭叫声,在万籁俱寂的夜空中震荡,悄悄望过去,只见一个披头散发的女子,紧抱着一个男人的腿,而那男人竟在往前移步,女子被他在地下拖着走!也许有人在窗后窥视,但无人现身相劝,他人的私隐,并不涉及犯罪,又能如何帮呢?事隔十多年了,不知这位女子可是安好?白韵琹讲的没错啊!做人首先要懂得自尊自爱,然后才有幸福可言。

晴天的夜晚是诗情画意的,清溶溶的月光浸透大地,星星慧诘地眨着眼,可谓碧空朗朗,夜气如水般荡漾。但收工时若碰到狂风暴雨,看着垃圾筒在马路中间翻滚,树条在头顶抽打,污水灌进了鞋袜,那也是要忍受的。在如此恶劣的天气,唯有快快地逃回家去,家才是温暖安全的地方。但那些没有家的,平时露宿街头的人,此时可奔向哪里呢?

多年前,红磡芜湖街的一个小巷口,住着一位拾荒阿婆。我夜归最怕黑幽幽的门洞,下小巴后从不敢走路边人行道,总是在马路上疾行,每当看到这位阿婆,紧张的心情才会略有松缓。阿婆常在堆积如山的垃圾袋中翻找,有时也见她整理最好的"战利品"——许许多多的纸板纸盒,却很少见她像其他露宿者般躺下睡觉。人到老时,不是有权休息,有权安闲度日,有权乐享天伦的吗?为什么她不可以?阿婆瘦小的身体如风中一片枯叶,我见犹怜……

　　夜的内涵与白昼一样丰富,虽然少了喧哗,但夜凉人语,听得更清晰;夜,是沉思爬蔓的画卷,苍茫夜空下,万物静待另一个黎明。

乳燕展翅

　　香港的儿童是幸福的，无论是精神上还是物质上，父母家人及社会各界均为他们提供最好的照顾。当宝宝还在娘胎里的时候，已在享受万事优先的特权，开始接受包括语言、音乐等多方面的胎教。现今，许多宝宝出世后仅几个月大，便被抱进了playgroup（早教课程）班。

　　本人荣升祖母后，曾抱着孙女上了不少playgroup的课程，孙女初上playgroup时，不要说走，连爬还不会呢！playgroup教师有外籍的也有本地的，外籍教师动作风趣，表情夸张，她们搂着孩子跟随音乐边唱边跳，气氛热闹，孩子们被吸引，想哭的可能也顾不上了。家长跟着做动作，一会儿起身一会儿坐下，一会儿转圈一会儿趴在地板上，挺累人的。本地教师则更为年轻，她们中不少人多才多艺，会弹琴，有舞蹈根底，她们教孩子接触米、面、豆、泥、纸、棍等众多陌生的东西，并教他们做手工、画图画、走独木、爬斜坡……孩子们在不同的playgroup学的中英文歌大同小异，如《你好吗？》《大公鸡喔喔啼》《字母歌》《天空星星闪》《开心拍拍手》《我爱你》等。

　　孙女两岁时，像其他孩子一样，穿校服背书包，迈出了上学生涯的第一步。她的首位班主任是英国籍女教师，和善有爱心，唱歌很好听，孙女有时说话将眼睛瞪得圆鼓鼓的，家人都知是受了这位老师的影响。后来换了一位印度籍的年轻女士做班主任，也给孩子留下深刻印象。与孙女感情最好的要数教普通话的Miss Li。Miss Li温柔地对待每一个孩子，孩子哭时，她会抱在怀里哄一哄，轻声细语地安慰他们。一次，孙女哭累后睡着了，她竟抱了孩子一个多小时。她是孩子上学初期惊恐不安的精神支柱，做家长的感激不尽。

香港孩子上学是不是太早？香港为人父母者似乎争议不大，他们认为上playgroup是学"群体"，上幼儿班是学"规矩"，学知识反而是其次。作为祖父母，积极配合是妥当的做法，毕竟时代不同环境有异，每一代人面对的竞争也在不断变化。当孙女在三岁时进入九龙塘根德园幼稚园读K1（小班）时，我们知道儿子儿媳"成功"了，因为他们的女儿通过两年多的学前教育，于多方面养成了较好习惯，打下了良好基础，尤其是具备了浓厚的求知欲望。

不得不欣赏的是，香港有一批非常优秀的幼儿教师，她们受过专业训练，仪态端庄，任劳任怨；她们性情温和，平等对待每一个孩子，不会将个人情绪带入工作中；她们将女性对孩子的呵护，以及如何引导孩子学习，发挥得淋漓尽致。孙女幼稚园的班主任Miss Chen，与家长说话是一种语调，转头对孩子又是另外一种语调，极之动听，这不仅是经年累月"修炼"得来，更是发自内心爱的展现。

九龙塘多实街及德云道中间有一个小花园，花园中的一棵细叶榕遮了多实街直路及弧形路的一大半，被称为"九龙城区树王"，孙女入读的幼稚园便位于此处。无独有偶，校园内也植有一株细叶榕，树之巨大与校外树王如同"双生兄弟"，两树在天空中触碰，为排队等候孩子们放学的家长遮雨蔽日。

树下的根德园于20世纪60年代创建。从孩子们入学开始，老师每周教三个生字，一个学期下来，已学会不少单字。孙女外出常在找她认识的字，在"中国人民银行"的牌子下，她念着"中间的中""人人人，我是中国人"；在时钟酒店"漫春天"

门前,她奇怪,为什么有大字"春天",还有小字"春天",转来转去不肯走;进到停车场,要找"出口""入口"写在哪里,进了餐厅,在餐牌上寻找"鸡鸭鱼牛羊";在大街旁行走,则时常在读过往车辆的号码。三岁孩子的头脑里可以装多少东西?这常常是我们讨论的话题。香港的孩子除了在课堂上学习,课余时间还在上兴趣班,学芭蕾舞、学钢琴、学画画、学滑冰……也会不时去参加一些比赛,拿些证书捧点奖杯回来。

前不久,住在悉尼的一位年轻朋友传来电邮说:香港的孩子真是小小年纪就十项全能,之前我们曾计划回到香港,觉得传统的教育方式对孩子比较好,也希望能打好中文基础,所以对于香港的教育系统仔细研究了一番,最终觉得风险太大,想读好学校要抽签,直资或私校的竞争又那么大,万一考不上运气又不好就糟糕了。澳洲所谓的学前教育就是玩,平常只能自己在家教,和香港的孩子比肯定差远了。孩子入学的问题定下来了,我们也不再考虑回香港了,就让孩子在这里落地生根吧!

环顾香港小朋友,不说十项全能,那毕竟是一个形容词,但三四岁便有些"本事"的为数不少。许多孩子在家几语并用,对着工人姐姐说英文,与爷爷奶奶讲国语,父母下班又马上转粤语,"同声翻译"不学就会。院子里一个七岁女孩,跳舞了得,连环侧身翻看得你叫好,另一个八岁男孩,俨然一个小领袖,学习好风度佳,迷倒全屋苑小女孩。

我的孙子不足两岁时进入九龙塘一间国际幼儿园,上课有classroom camera(课堂监控),家长可通过电脑屏幕看到小朋友在课室的上课情况,幼儿园没有课本也没有功课,本地老师也说美国人设计的"课程"活动量太大,老师要陪着孩子玩,腿关节伤的厉害。小孙子活泼好动,有无读书并不影响他的认知水平,回到家里,当时四岁姐姐会唱的歌,会跳的舞,他也会,连芭蕾舞的基本功"一字马""青蛙脚",他也做得很到位。看来,学习的方法是各式各样的,只要达到启蒙孩子思维的目的,就不必去计较是中式的还是西式的,是"虎妈式"的还是"放任式"的。

青出于蓝胜于蓝。希望我们的后辈好像根深叶茂的细叶榕,脚踏实地,坚强有气势。或者,像那乳燕展翅,翱翔在天地间,勇于迎接狂风暴雨的袭击,茁壮成长。

居室蔽风日

2012年4月28日买了一份日报，头条消息是"新楼施工量首季急升"，第二条是"北角百亿地王招标"，社评也是讲地产的。再往下看，不得了，单是香港地产的全版广告竟有十七版之多，其中有两家地产代理公司还做了跨版，什么日子？不是房价又要大升了吧？留意新闻，看来很大原因是"五一"黄金周前夕，某些开发商有意趁机广招客源，加速推售余货。

三十年前的内地城市百姓大多没有私产，房屋靠工作单位分配，从住集体宿舍到获得独立住房，须经过多年的苦苦等待。改革开放后，房屋逐步可以自由买卖了，但不少人初期弄不明白房屋怎么变成了商品？一来没多少钱去折腾，二来单位的房住得好好的，水电煤气等又会有些补贴，去弄个私房样样自己负担，那不是傻瓜吗？记得20世纪80年代初，北京西城区一个有十四间房的四合院，要价七万元出售，我家小弟在香港带了些钱回京，打算买下来，但父母去看过后，不相信这样破烂的房屋会有人买。如果有香港地产商此时在旁边，一定会赞同买下此房，因为这类型的四合院十数年后已变成了"奇货"。

到了20世纪90年代，内地城市的房产已迅速私有化，单位根据你的工龄再减去折旧费等，个人出不了多少钱，房子便成为你名下的私产了。自此后，房价一路升，人们的观念也随之大变。如今，各类型房屋明码标价，几十万、几百万甚至上千万，老一辈被吓着了，检视自己工作了一辈子才挣了几个钱？

年轻人急疯了，不赚快钱怎能买到房？大城市内聚集了一些"先富起来"的人，以及那些外资公司的雇员，他们住豪宅、开靓车、食大餐，不断推高社会的消费水平，也将楼价推向更高水平。

中国改革开放后移居香港的内地人，对应否拥有个人财产已改变了观念，所以，只要有点文化和技能的，不会想到要依赖政府援手，自己赚钱买房是他们勤奋工作的最大动力。一个旧同事为与家人团聚，辞掉北京的工作来到香港，夫妻俩省吃俭用，每天在公司的午餐是一个面包加一个苹果。20世纪90年代初，他们终于积蓄到一笔"首期"，向银行贷款在屯门买了一个小单位（编者按："单位"即"住房"），摆脱了做"租奴"的困境。过了几年，为方便工作，又换房搬到了荃湾，一家人住进了一个较大的单位。而另一对在内地做生意的夫妻，20世纪80年代末来到香港后，也是以贷款形式，用一百多万港元买了红磡一间向海的过千呎单位（编者按：1英呎=30.48厘米），当时已觉很贵，供的颇辛苦，没想到了1997年，该单位竟升值至九百多万港元。

相比世界发达国家及地区，港人的居住环境并不理想，房子不大，价格却出奇的贵。香港楼价的升升跌跌，牵动着人们的神经，也直接影响到许多家庭的生活。最近，渣甸山一间万呎巨宅正以招标方式放售，市场估值约七亿港元。资料显示，此屋业主1988年以1490万港元买入，如果今次以7亿港元沽出，即24年间升值了46倍！

说起买楼，参与者都有个故事可讲，计划要有，其实机遇也很重要。香港爆发SARS后，楼价大跌，2003年12月的一个周日，我们一家人去元朗一带行山时，顺便看了一个新推出的位于锦田的洋房楼盘，两层高的室内建筑面积约一千五百呎，前后花园及平台约一千五至两千呎不等，却仅是市区三房单位的叫价。房子买下后，最初几年升幅极微，想不到至最近两年，竟大幅飙升。2012年政府财政报告决定未来几年大举发展锦田一带，屋苑内的业主们都很高兴，一位中年业主看中时机，高价买下邻居的单位，与自己单位相连，单是门前加盖庭院已可泊七八架车，这种总面积达七八千呎的大单位，真是"钱"途无量。

人人皆知，我们的财富主要来源，一是工作所得，二为投资回报，谈到投资，一本新书写道："炒股八成人输，买楼八成人赢。"相信赞同此观点者为数不少。土地是永存的，并随社会生产力和消费力的上升同步增值，房地产始终是最佳的财富储存工具。

追求理想舒适的居所如同一场永无止境的游戏，但对于平民百姓来说，有个自住的房子已很开心，居室蔽风日而已，不必高大华丽。

做个良民

接连收到政府公函,指我于某年某月某日在某处,发生了两宗触犯交通规则的事件,大吃一惊。两宗事件仅相隔四天,具体罪行是没有遵从交通灯指示,除了定额罚款外,每宗罪行均被扣"违例驾驶记分"五分。如果再被扣一次,总分达十五分,便将停牌三个月。

"没有遵从交通灯指示",即是指冲红灯。我会冲红灯?而且是连续两次,有人信吗?我开车近二十年,一直循规蹈矩,违例泊车或开快了几公里被罚款是有的,但扣分,除了一次在三角区过线被警察捉了个正着扣了三分外,还从没受过如此惊吓!

问了一位律师,自己不信会犯冲红灯的罪行,这官司有得打吗?她说被照下来了,没什么好打的!跑去事发地点探查,路口还真竖有一个橙色摄录机。仍不死心,又跑去湾仔警察总署翻看录像带,当班阿Sir态度非常温和,耐心找出有关画面:一次,只见我驾的那架车在着黄灯时出线,弯还没转过去红灯着了;另一次,黄灯正灭我的车同时出了线。车尾版号清晰显现,在电脑上想放多大可放多大,阿Sir问:"是你的车吗?"只好点头"认罪"。从警署出来,站在大街上研究灯号,红绿灯之间的黄灯讯号转瞬即逝,看来以后见黄灯要赶快停车,再不要"偷鸡"抢那一点时间了。自此后那段时间开车,见到灯号就心慌慌。

警务处处长收到我缴付的罚款后,轮到运输署署长来函了,令我在收到"强制性修习驾驶改进课程通知书"之日起的三个月内，自费修习和完成驾驶改进课程，否则，可被处最高罚款五千港元及监禁一个月。署长指定了几家驾驶改进学校供选择，我就近选择一间报了名，并在预定日期一早到学校上课。我那个班二十名学生，仅我一人为女性。男教员看起来年纪比我还大，开课即指着头顶上方的摄录镜头告知学生，这是运输署装的，你们在课室的表现他们都看得见。大家一听马上挺直了身板，更加聚精会神，事关此课程读得好，可以扣减三分啊！

坐在第一排的五位男生都是五六十岁的人了，看样子是商贩之类的，也许他们凌晨便要起身进货，严重睡眠不足，上午静坐四个小时太难熬了，看他们的头不停撞向桌面，还时不时故意大声问问题，不说教员讲课被他们打断，其他学生也被吓一跳，其实那些问题问的也不是时候，更不太切题。到了下午，人人都有睡意了，不过，屏幕上不时有些车祸后家人撕心裂肺的哭喊声传出，似在提醒大家：头脑要清醒啊！精神要振作啊！远的不说，开车不慎可能会出人命；讲近点，不专心听讲，一会儿考试通不过，就白来这一天了！

最后一排有一位某大巴公司的司机，他的问答比较在行，譬如车出白线时转红灯了，千万不要倒退，宁可停下来，因为有的白线下有镜头，初初未必照到你了，但你后退便一定会照到。我还真不知白线下会有镜头！再譬如，出大路，怎样的"转线"可左转，怎样的"转线"才可右转？听他讲的如此"行家"，为什么也要来这里接受"再教育"？教员好像看出了我心中的疑问，在赞他答得对的同时，又说："懂得交通规则不代表不会出错，环境因素、精神因素都非常重要，这课堂，有人来了一次又一次，学员中甚至有休班交警。"我旁边坐了一位年轻人，他悄悄告诉我，他已被扣了十二分，拿回三分对他的工作至关重要。

终于坚持完七小时课程，到最后二十分钟的笔试时间了。

共二十道选择题，如果专心听课，这些题并不难答，但学生中有些文化程度确实不高，不时听到唉声叹气、要问问题又被制止的声音。考完等教员即时批卷的半小时，竟是全日最安静的时间。"恭喜大家，全部合格！"教员语落欢呼声即起，排队上前领课程证书，顺便也看看成绩，有七八十分已满足，我与邻座的年轻人均得到满分，虽说这是纸上谈兵的胜利，但也不失喜悦之情。

　　在香港，人人都要秉公守法，如果一不小心有了犯罪记录，拿不到良民证，不仅对到某些国家旅游、移民、留学有影响，同时，有关资料也会跟随你一生，在各方面留下阴影。今次上了宝贵一课，将永记小心驾驶！

体验科学奥妙

　　周末全家人一起去香港科学馆参观。馆内共有展品约五百件，分布在大小不同的十六个展览厅，题材非常广泛，约七成的展品均可由观众操作，适合不同年龄的参观者。我观看了一个环保讲座，内容是关于香港的空气污染，两女一男三位模特儿公仔（卡通玩偶）坐在那里，他们有问有答，不仅会讲话，眼睛会眨，还有舔嘴唇等活生生的真人表情，很是奇妙。我研究良久，方发现三个公仔的脸部确是真人的，是投影机的特技效果。

　　科学馆的中央摆放了全馆最大型及最瞩目的"能量穿梭机"，穿梭机高二十二米，贯穿四层展览场地，向观众展示能量与运动的转化，是目前世界同类型展品中最大的一件。我们观看中午一点的一场表演，于不同楼层，不同位置，追看红色圆球在两座高塔间过山车般穿梭往返，它们产生一连串悦耳的声响及视觉效果，有些化作空中飞球，有些进入摇滚轨道，有些更会将鼓、管钟、锣、木琴等打出声响。

　　儿童天地则是一个让孩子们从小接触科学的好地方。这个展厅最热闹，孩子们欢声笑语，大人们也兴致勃勃。在"泡泡竞赛"中，我们将气泡泵装进有液体的柱内时，会看到大气泡因浮力较大而赶上小气泡；一只小球在空气的推动下，可以周而复始地不停转动。在科学馆，不仅可体验科学的奥妙，也是一次快乐的亲子活动。

温馨会所

　　会所离我的住宅很近，仅四五分钟的车程。会所里有几个网球场、篮球场等，还有健身房、舞蹈室、乒乓球室，家人喜欢在这里嬉水，然后洗个热水澡，吹干头发便坐进餐厅等开饭。孩子们有时吃了一半，跑去游乐场玩一会儿，再回来继续吃。

　　我在香港生活了这么多年，仍是不太习惯去茶楼品茗，经常要排队等位不说，进到里面，人声嘈杂，同桌人大声讲话也听不清。但自加入这间会所，便常惦记着去那里喝茶用餐，环境清静舒适，所有人都轻声细语，时间更是不受限制，什么时候去都行，即便不是吃饭时间，也一样可以点菜，好像在家里似的，随意温馨。

　　从座驾一驶入车库，便有工作人员等候，把钥匙交给他就行了，泊车费每小时四港元，会连同其他消费一并入账，按月结清交费。会所的侍应、清洁工等都是熟面孔，大家时常见面，颇有亲切感。

　　会所中有许多成员是老年人，他们就居住在附近的豪宅内，早先入会时，所缴会费不多。每天走出家门不需几步就进入了另一个"家"，在这里打打球，搓搓麻将，或者随处坐坐，翻翻报纸，打发着一天又一天的宁静时光。

　　人是群体动物，家人朋友间交往，其乐融融，会所同时也具备这交际平台的功能，人们可以避开公众的视线和外面的喧哗，在这里吃吃聊聊，谈公论私。

视觉享受

买报纸,不少读者是习惯性阅读,看惯了某报,多年都不变。但是头条新闻或头版故事是否独家及引人注目,也是影响销量的一个重要因素。另外,整体新闻是否"新、奇、趣"?版面包装是否美观?也非常重要。

年初,在屯门的黄金海岸,发现有一个卖象牙工艺品的摊档,摊档的挂架上有一张经过胶处理的彩色报纸,内容是《大公报》记者对档主(也是象牙加工厂老板)的专访,责任编辑是一位相熟好友。版面美轮美奂,可说是很好的广告,我那天也忍不住手,解囊买了一件饰物。编辑做出如此出色版面,当然有上司及美工等同事的协助。好友如今已改行去做中医师,但她的名字却永远留在了《大公报》的版面上。

现代报纸讲求视觉冲击力,市场导向要兼顾读者在信息及精神两方面的满足,要达到这个目标并非易事。办报虽说是记者提供内容,编辑负责版面,如铁路警察一样各管一段,但如果编辑不能认真处理,版面切割不美,图片色块使用不当,便会糟蹋了记者的心血和好料。反之,内容一般,但经编辑精心设计包装,却可令报道大大提高可读性。

《大公报》目前在香港的销量,无法与其他大报抗衡,不过,《大公报》在内地拥有庞大读者群,其优势不容置疑,所以内地广告也占有较大比例。《大公报》在内地的各省办事处,拥有一批写新闻的好手,一批善于经营的高手,福建办的主任是其中一位佼佼者。他与他的同僚们，充分利用地理优势，报道过许许多多海峡两岸政要的独家新闻，福建办的专题和系列报道，读者几乎难以分辨哪些是新闻，哪些是广告。该主任懂得与编辑沟通，他明确表达对版面的要求，编辑若做不到，他会提出在行的修改意见，这一点很难得，是通过磋商不断改进，从而达至多方得益的极佳途径。

　　内地的专题报道，多为地方长官的施政理念及工程招商、景点招揽等。在《大公报》任职期间，我处理过不少让人头痛的长篇大论，曾被人笑我几年后一定文字枯涩，确也是的，这样的文章标题也起不出呢！幸好，各办事处在报馆的劝解引导下，终于体谅到编辑的痛苦，逐步缩减文字，增加图片，为《大公报》的整体包装日趋靓丽做出很大贡献。

　　2006年3月，《大公报》为凤凰卫视创台十周年做十六版专版报道，在时间极为仓促的情况下，我带领几位编辑及美工完成了任务，对方收货后有赞无弹。当时，凤凰正在大屿山展览馆举行中华小姐选举，每位观众的座位上都放有一叠"凤凰十年飞"的专辑，报头是一双美丽的大眼睛，象征着凤凰众多俊男美女采编、主播面对万千世界的探索！后来见到一位专栏作家对此写道："未想到报纸也可作为艺术品收藏。"几年后，我的侄女也成为凤凰的一名新闻主播，而在我设计这叠专辑时曾非常欣赏的一位年轻多才的名主播，竟成了我的侄女婿，哈！世事难料啊！

高薪金，高消费

香港自实行最低工资后，人工普遍有所增长，做保安工作或清洁工作，月入也可过万。一对八零后的夫妇，如果都从事会计师的工作，月入可达到四至五万港元，同样一对八零后的夫妇，从事政府医生工作的话，月入约在十五万港元左右。金融行业的部分员工薪金更高，三十至四十岁便拥有庞大资产的，比比皆是。

香港的富人富成怎样？不去讨论也一目了然。香港的穷人穷成怎样？却是许多人心中的疑问。一方面，是一些人三餐不继，身无片瓦，要去住劏房（编者按：房中房，香港出租房的一种），甚至睡街边；另一方面，是满街的招聘广告，丰厚的综援（综合社会保障援助），几乎免费的医疗服务。

近年不少内地人涌入香港买日用品，据说香港多种日用品比内地便宜。但最近一位澳洲朋友回港一段时间后，却问我们："你们不觉得香港物价贵得太快吗？"几年前曾听一位老先生快活地说："在香港怎么会饿得死？像我这样，几块钱买个鱼罐头，送两碗饭，又有钙又滋味。"

以前几元钱一个的鲮鱼、沙甸鱼（沙丁鱼，在香港被称为沙甸鱼）罐头，如今要二十块钱上下，现在拿十元八元出街能买来什么？物价月月"新面孔"，楼价更是像坐飞机般飙升，我们屋苑一位保安，以前以三千多港元租住七百呎新界村屋，现今租金已升至七千港元。

高薪金、高福利、高消费、高楼价……香港的高科技社会运作，香港的现代化高质素生活，太多的"高"了，但愿不要高处不胜寒。

学习理财

　　不管是有钱人、没钱人、不富不穷的人，都存在一个理财的问题，会理财的生活愈过愈轻松，不会理财，钱来钱去，日子可能永远是紧巴巴的。

　　香港人自住的单位大多值个二三百万港元，住着过千万所谓豪宅的人，可以从中环排到铜锣湾。但这些楼只能避风遮雨，不能吃不能穿，日常开销还得另有一笔资金。而且，香港除了公务员有长俸，绝大部分打工仔退休后便断了收入来源，平时不投资理财，老了又该怎样生活？

　　我多年前曾经做过一单新闻，话说一位长者突然离世了，他在上海的侄子赶来想继承遗产，老人的相好是一位居港的泰籍老妪，她说老人很节俭，并没多少财产，他平时在自己居所及她这里两边住，底裤加起来也只有五六条。一位股票经纪跑出来说，不对，老人有大量股票。后来，打开了老人的保险箱，一看一算，不得了，竟是逾亿元之巨，原来这是一位隐形的亿万富翁！各家传媒因此大做头条。记得此争产官司的最后结局是，老人的资财全部判给了老相好，侄子分文未得到。

　　老人的股票中不少是原始股，买来便放入保险箱，年代久了，可能连他自己也不知道这些股票价值几何。荷包胀爆了还以为自家穷得很。我受此新闻启发，多年来见到优质股上市，必买一点，抽到个一手两手，便也存入保险箱中去，期望日后也成个"富婆"什么的。

小单位靓装修

香港的住宅大多仅几百呎，说是两房两厅或三房两厅，那房细小的只可摆张床及一个衣柜，而那两厅其实是一端放电视和沙发便叫客厅，另一端放张餐台便是饭厅。住宅虽小，但港人讲求室内装潢，在非常有限的空间，仍可大作文章，既不失华丽舒适，又能营造加倍的空间效果。

我家以前住在一个八百多呎的单位，那房子的实用率近九成，算是很高了，现在的新屋苑一般只有八成左右。搬进去前，找了一间装修公司为单位画设计图纸，该公司提供的木工师傅是极为出色的，但特点是慢工出细活，不能催他。

木工师傅独自在单位内工作了整整两个月，为每个房间制作入墙家具，衣柜书台都做得精细美观，单是抽屉就有许多个。我们在那个单位仅住了一年有余，1997年楼价高峰时，地产经纪鼓动我们出售，将室内装潢照了相去，不想有客一看相片好喜欢，立即要买，未及细想下便把楼卖了。后来一直怀念那单位的舒适装修，后悔为什么不多住几年才出售。

为着每次搬家前的装修，曾作过一些研究，发现有些讲究不是无道理的，如玄关位不仅美观，可阻隔灰尘入屋，同时又有鞋柜的功能；床的头顶位置不适宜做柜，柜里掉出一本书或一件杂物都可能伤到人；出于"风水"考虑，香港人一般不会在床尾做镜，认为不利夫妻和谐。

独树成林

  九龙律伦街儿童游乐园内有一株印度橡树,此树枝叶繁茂,有数条粗壮的树干,以至看不清这是一棵树还是多棵树。半空中无数气根随风飘荡,如果让它们全部落地生根,估计树根的占地直径和树冠直径不会相差太远。

  这棵树最引人之处,在于它突出地面的根茎,其中一条好似是低矮围栏,将草地与行人路分隔开来,这条根茎已被人踩得光滑透亮。还有几条像是人的脊梁骨,硬铮铮地横卧在眼前,其他树根则纠缠成一大块,它们的势力范围内,已无土壤的容身之地。另一引人之处是树皮,颜色像大象的"肤"色,年代久远的树皮上疙疙瘩瘩,很是粗糙。

  印度橡树原产印度,是一种常绿乔木,枝干像榕树一样易长气根,帮助吸收空气中的水气,最后成为支柱根,不仅有独树成林的景色,还是世界上最大的开花植物,有四百岁的寿命。

  律伦街的这棵不知会不会开花?大兴邨的紫荆园内也植有一棵印度橡树,据说树龄比大兴邨邨龄还要高。树木是珍贵的自然资源和文化见证,港府为纪录这些天然财产,编制有古树名木册;树龄达一百年的古树,会被考虑列入名册;树形出众的树木,如锦田水尾村游乐场的树屋,荔枝窝的空心树,也会有记载;枝条形态自然优美或气根像帘幕的树木,可能就是指榕树、印度橡树这类树木吧,也会列入名册。

送金最实际

香港人嫁娶离不了金饰,当穿着中式裙褂的新娘子出现在喜宴上时,大家会留意她的脖子上戴了几条金链,手臂上戴了几对金手镯。新娘子戴的金饰愈多便愈惹人注目,喜宴气氛也更热烈些。

近几年,黄金价格涨得太快,一对拿得出手的金镯起码要两万港元左右,对于做至亲长辈的,没办法,咬着牙也是要买的。我有几个侄女都已长大成人,说不定突然会接到喜帖,所以比较关心金价,希望能够大跌一次。

小辈跪在面前敬茶,送个红包给他们也不是不可以,但始终没有亲手为他们戴上金灿灿的首饰来得更开心。有一次在金店里见到一对年轻男女卖几条金链,店员逐一称重报价,只见两人对视不断偷笑,估计是结婚时收到的,金链这么值钱,真是卖的笑逐颜开啊!

新人们收到金饰,可以去银行租个保险箱,一年七百港元的话,十年才七千港元,如果是十年前的金饰放到今天,价值已然翻了几番,再放个十年二十年,价值更不可估量,所以我很赞同小辈们留一留,放一放,别那么快去卖了换钱,有一点傍身的浮财不好吗?

我有三个孙儿,每逢他们的生日,便会送他们一块金牌。小康之家,金牌不会太重,但小数怕长计,当他们二十岁时,他们每人便拥有二十块金牌。届时,他们也许会庆幸祖父母的这些礼物不只是衣衫玩具而已。

择妻论

两岸三地的女性,由于生活的环境不同,从小接受的教育有异,在性情思维上会有些差别。约是1990年吧,香港某位女作家接待了几位访港的年轻才俊,他们是中国改革开放后的首批"海龟"。在饭桌上,不知谁提起了在海外接触到的两岸三地女性中,哪个地方的更适合做妻子的话题。

他们中有人认为,内地女性较为能干,不慕虚荣,有"半边天"的意识,但温柔不足;香港女性则较现实,也更为独立;台湾女子得到他们一致赞赏,美丽、温顺、有礼。

不知这位女作家当时作何感想,她是一位率直敢为的巾帼,在此之前已只身从香港去西藏、新疆、内蒙等地探险,甚至随中国南极考察队到南极考察,她的一系列作品真实反映所闻所见,男士们看她的人读她的书,如按上述评论的逻辑,或许是敬重多于倾慕。

我当日也在座,联想到在各处所见女性的种种际遇,有许多的感慨。男性选妻有他们的标准,但反过来,女性选夫,又何尝没有一定的准绳呢!两岸三地的男性,哪一处的更适合做丈夫?也是可以讨论的。

以往的中国传统女性多是从一而终,贤妻良母的概念根深蒂固,好女人就是吃苦耐劳的代名词。现今的女孩子,不管是哪一边的、哪一地的,你试试看,让她天天守住家门,洒扫庭院,照拂起居,看能坚持多久?

马死落地行

粤语富于表现力，很多词语既抽象又传神，例如"废柴"，即是说朽木不可雕也，形容某人没能力做事；"炒鱿鱼"，本是广东菜式，后引申为遭老板开除被迫卷铺盖走人，此词流传东西南北，被广为引用；还有像"八卦婆""擦鞋仔""世界仔"等，都是些形象生动的词语。

前两日听楼下保安说了句"马死落地行"，细琢磨真是那么回事：本来是骑在马上赶路的，但马死掉了，只好从马背上爬下来，用自己的腿走路吧！ 这位保安平时话语不多，他是上日班的，工作时间为早六点半至晚六点半。他天天自制一个纸盘，上面铺满鸡蛋花，置于办公桌上。每当他快下班时，这盘香味极浓的东西便成了我孙女的礼物，转移到了我家电视柜上。

看他好似很喜欢小孩子，有一天终于问他："你有孙儿吗？"他打开手机给我看，哈！一个六七岁的"鬼仔"，好可爱！这位保安六十八岁了，两个儿子一个女儿都曾留学美加，儿子们现在港铁等大公司供职，女儿则嫁了个丹麦人，跟过去了，那个男孩就是他们生的，儿女们生活都不错。我不禁大赞："儿女个个成才，伯伯好厉害啊！"

保安说，他以前是印染厂股东，可以赚到钱，但该行业式微后，只好改行。马死落地行，只要能供仔女完成学业，不管做什么都好。我听闻，如同上了宝贵一课。

银铃声声

圣诞节是孩子们最喜爱的节日，城中处处可见美妙装饰，松柏雪人，彩灯鹿车，大大小小的圣诞爷爷公仔，欢快的圣诞乐曲弥漫在空气中，银铃声声，充满着爱与祝福。

放圣诞假前，各幼稚园都会举行一个盛大的Party，家长精心为孩子们提前作准备，除隆重的服饰外，更会携带一份有心思的礼物，与同学们分享欢乐。今年（2012年）孙儿们带回来的礼物尤其丰富，林林总总近百件，大致分为以下三类：

食品类，包括巧克力、曲奇、动物饼、各色糖果等。

文具类，如R米奇4P胶擦、带雪人的铅笔、固体胶、双面小磁夹、艺术小口袋（绘画用）、练习簿等。

精品类，有卡通大梳、手工制作的胶相框和木相框、毛公仔、圣诞雪人绒手链、魔变杯垫等。

一些礼物袋非常漂亮，多数袋里并非单一物品，吃的、玩的、学习用品都有，袋口挂有卡片，有的还扎着彩带，写明"To谁""From谁"，全班同学人人有份，这确要花一番工夫去准备。

广告商见此机会当然不会放过，以往的生日或节日Party，孩子们常带回来文具或奶粉样品等，这次还有鱼肝油。

有些家长本身可能就是做玩具、文具等生意的，所以送出的礼物数量较大。Party前上学路上，见有家长打开车后厢，里面有大包大包的礼物，有的则满载气球，哈！不知哪一班的？有份交换礼物的小朋友怎会不兴奋？

偶然又偶然

　　某名人的豪华房车坏了个零件，送回厂内维修，等了一个月，终于修好了。房车出厂三天，谁知却又坏了，只好再送入厂。名人安慰自己："老虎也会瞌眼训（打瞌睡）。"偶然发生这样的事在所难免。谁知，三天后房车修好，在路上行了三天，老问题又出现了。名人大为感慨，是车行在沦落吗？还是香港服务业在沦落？

　　我家房车撞坏了门，曾在原厂"罢工"两个多月，出厂接回家，每次倒车都觉怪怪的，后发现车前显示屏的图像是反方向的，比如，本是左后方有个人，变成了那个人在车的右后方。但这种电脑控制板，无论你多有本事，自己也弄不了，一定要送回原厂。

　　几天前，我曾提及某麦当劳分店，外卖食品货不对，兼短缺，事隔一周，这家麦当劳分店竟然又出错。百余元的外卖食品中，所要"脆香鸡翼餐"，没有"大富翁贴纸"和"餐中薯条"。

　　这等小事如果找上门去，反倒显得顾客太小家子气了，而且，与店员们每周都要见个一两回，多不好意思！作为顾客，是不是也有错？如果当时将打好包的食品重新核对再拎回家，不就不会出错了吗？

　　香港是亚洲金融中心，购物天堂，餐饮胜地，近二十年间，香港服务业年增长达两千多亿美元，占香港生产总值比率的百分之九十左右。香港服务业一定不可以沦落！

新界地皮

施政报告发表前夕，港府已表示会"全民揾（编者按：意为"找"）地"，加快建屋进度。施政报告正式发表，明确提出"十招"以增加短、中期的土地供应，包括将政府用地改为住宅用地，其中三十六幅已改划了十幅。

香港目前一万一千多平方千米的土地面积中，约百分之二十五的土地是居住和商业等用途，其余百分之七十五都是郊野，其中郊野公园便占了土地总面积的四成。走去新界看看，到处有空地，只不过多数长满杂草的荒地属私人所有。

以西铁锦上路站和八乡维修中心一带为例，今次施政报告便提出，在合共约零点三三平方千米土地上发展住宅，预计可提供约八千七百个单位。同时，亦会对周边约一点一平方千米土地进行工程研究，以备发展公私营房屋。该处空旷却是铁路沿线，如果政府落实规划，几年后当面貌一新。

在新界各处，大地产商几十年来已买下大量地皮，在陆续发展中。像锦田附近，继长实兴建了三处洋房屋苑后，新地兴建的大型屋苑"尔峦"也即将落成。李兆基前不久也在说，集团早于十年前已部署于新界东北地区发展，所以一直有收地，随时可向政府申请补地价及兴建动工。

不管是政府还是地产商，即便有了地皮，从规划到兴建也需要一个过程，非买菜那么简单。几年后，多了穷人住公屋，但私楼落成，楼价仍高企的话，无楼中产还是买不起。

港式云南米线

曾经在昆明吃过一次云南米线，碗里厚厚一层油，感觉油腻，从此再不吃这种食物。近年看见香港的云南米线餐厅愈开愈多，奇怪香港人怎么会接受得了如此食品？前两天逛尖东，在家人鼓动下重吃云南米线，不想印象大为改观。

甫入餐厅，便见食客众多，每人面前一大碗，埋头吃得很起劲，碗里全然不见浮油。侍应们忙得不亦乐乎，精神气十足。我们点了两碗清鸡汤底的，一碗麻辣汤底的，分别配以猪肉、火腿、鱼丸、芽菜、冬菇、金针菇、木耳等。滑溜弹牙的米线口感很好，汤的味道也相当不俗，尤其是那碗麻辣的，舌感不是辣而是麻，是四川产的新鲜花椒的麻香味，花椒去湿，对港人健康倒是好的。

我们同时还点了蒜泥白肉及香草烤鸡翼两样小吃，蒜泥白肉泡在浓汁里，非常开胃，而烤鸡翼看似普通，但香草味特别，肉质鲜嫩，也是一绝，略不足是咸了点，米线汤底也比较咸，最好少喝。埋单一百八十多港元，价钱合理。

走出门外，见到张贴的招聘广告，侍应每小时工资三十四至三十六港元，高过香港的最低工资不少，显见生意兴隆。

传统的云南米线经过改造，做出酸、香、麻、辣等多元口味，攻占了香港年轻族群，居然成了港式云南米线，还入选了《米芝莲指南》。据说现在打入上海、台湾等城市时，都强调是"港味"米线，佩服创办人的头脑。

年初一早餐

年初一清晨，当全家人还在酣睡的时候，父亲已悄然起身，为大家准备早餐，年年如是，而早餐内容在那许多年间也从无改变过。

每人一海碗鸡汤粉丝，里面有两只雪白的荷包蛋，两只自家剁肉，在手心里刮出来的浅红色猪肉丸，以及两块淡黄色鸡肉，这个早餐习惯是父亲从常州老家带到北京来的。家乡人平时的早餐多是白粥油条、团子麻糕等清淡食物，到过年杀猪宰鸡，荤个够本。

不光是年初一早餐，正月里只要客人是上午进门的，一定奉上如此一碗。你可以在食用前夹出鸡蛋、肉丸等，但那碗鸡汤粉丝一定要倒进肚里，走多几家拜年，食到你惊。

我妹妹嫁了个"老北京"，有一年的初一，大家吃完了自家的早餐，一时兴起，决定拉队到妹夫家去玩玩。妹夫家在阜城门内的胡同里，那所大院据说原是北师大校长的，后来被几家人"瓜分"了。虽然残旧，但雕花木窗、朱漆大门、斑驳砖墙，仍很耐看。

一张炕桌，上面的众多小碗小碟中，摆满京式小点心，茶壶茶杯也是小巧玲珑，还有瓜子、花生等干果，主随客便，没有一定要吃的压力，想吃就挑一点品尝，没胃口守着这堆食品聊一聊，也颇有新春气氛。

在香港过年，我家年初一的早餐经常是煎萝卜糕、马蹄糕什么的，按个人意愿，配以牛奶、咖啡、阿华田（瑞士著名麦芽饮料）等，不中不西地过节。

许愿节大塞车

新界大埔林村有棵许愿树,每逢农历新年,村内都会举办"香港许愿节",推出各种吸引游客的活动,因而年年造成林锦公路的大塞车。

我家在锦田有屋,新春期间隔三差五的要回去住住,而林锦公路是必经之途。2013年初一下午,从吐露港公路上便开始塞,塞了一个多小时,孙儿急小解,回到锦田家中,来不及进厕所已憋得跳脚。年初三上午幸好在回旋处及时绕道粉岭、上水方向回家,方避过又一次麻烦。

以往有来家中拜年的亲朋,不知就里被困在路上,进退两难。警方的通告在2月8日发表,从初一至十五对林村附近实施特别交通措施,但市区民众大多不会留意警方通告,又认为林村路途遥远,尽量开车前往,便形成车龙。林锦公路两侧有许多村落,即使沿途有交警维持秩序,那里的村民进出仍有诸多不便。

林锦公路一带山峦起伏,绿阴庇护。路旁的嘉道理农场暨植物园供市民入内观赏,林村郊野公园及大帽山郊野公园更是回归大自然的最佳场地。林村对面的路边花槽内终年鲜花芬芳,这时节的花圃内更是桃花盛开,春光明媚。许愿者为何一定要在农历年期间去拥挤呢?许愿树永远屹立在村口,平时去合掌许个愿,庙里上炷香,吃碗山水豆腐花,于荷花庭观赏锦鲤,参观新村旧村的建筑,漫步郊野公园……不也一样美好吗?

带菌生蚝

正月十五恰逢周日，全家于尖沙咀某酒店的西餐厅吃晚餐，那里的生蚝很出名，家人选择的头盘是法国生蚝，主菜有龙虾、牛扒等。周一晚至周二，凡是吃了生蚝的家人先后泻肚、呕吐、发烧。

不洁食物进入身体，有泻及呕的现象还算好，可以及时医治。有些不洁食物立时并不会带来反应，但会在血液中留下祸根，如果染上肝炎、霍乱等病毒，那就较麻烦了。

城市人近几十年特别担忧农药对食物的污染，农药对人体的伤害常常是致命的，所以主妇们洗菜好像洗衣衫，又浸泡又揉搓，甚至到滚水中"拖一拖"再下锅炒，对于各种细菌对食物的污染，反倒没有这么怕。香港人爱四处品尝小食，光顾街边档，叫外卖，又喜食鱼生、生蚝等，不知不觉中便吃进了不少病毒。

有人见过手打牛丸的制作工序后，从此不敢再吃牛丸；有人见过煮熟的瓜子花生是平铺在泥地、马路上晾晒后，从此少吃瓜子花生；有人见到新疆葡萄干是放在土楼上风吹阴晾而成，并非在食物加工厂制作，从此不再买葡萄干。 我家有位堂姑在泰国经营海产生意，她家靠海边的广阔晒场上，铺满鱿鱼等食物，成群的苍蝇覆盖在上面又吃又产卵；室内那一缸缸的原始鱼露，更飘出阵阵腥臭。

"眼不见为净！不干不净吃了没病！"我们有时会念着这些陈词烂调边吃边自我安慰，但世上没有永远的侥幸。

学生养老师

养大一个孩子可以很简单，填饱他们的肚子就行了。但养大一个孩子也可以是艰难的，如香港父母，从怀上孩子开始，就好像背了一身债。

有点规模的幼儿园，月收费一般是三千至五千港元，名气较大的国际幼儿园，月收费则在七千至一万港元左右。稍有能力的父母，都想孩子有个较高的人生起点，将来升学、工作顺利些，所以不问价钱，只问进不进得去，造成知名幼儿园名额争破头。

幼稚园的昂贵收费是家长避不了的固定开支，为了让孩子身怀"十八般武艺"，还要上不少兴趣班。钢琴班、绘画班、中英数班、舞蹈班、游泳班、戏剧班、面试班、各种比赛……家长接接送送忙不停，孩子又何尝不累？幸好有些教师会哄孩子，所以兴趣班仍可维持火热现状。

兴趣班每小时平均收费二百港元左右，如钢琴单对单教授，每半小时至少一百五十港元，小提琴上门来教，两个孩子一起学，每小时也要五百港元。不多上，只上五个班，一个孩子每月的开销就在五千港元上下，考试费另算。

香港孩子几个月大就由家长抱上学，加之课外的兴趣班、补习班成行成市，造就了香港庞大幼儿教师的就业市场。父母辛苦挣钱养孩子，孩子们的学习费用反过来养老师，金钱就是这样周转循环。等孩子们自立的一天，可以算一算，曾经耗费了父母几许有形资金？几许无形心血？

幼儿学写字

我家孙儿中的老大和老二,分别入读根德园幼稚园的K1(小班)、K2(中班)。根德园属传统名校,师资稳定,最大特色是孩子们一入学便开始认中国字,每周三个字,然后循序渐进地学写。学校提醒家长不要预先教,防止孩子真正学时没了新鲜感。不知教师那套方法是怎样的,总之可以令孩子们爱上认字及写字。老大写的字方方正正,连续写百字也不觉累,被老师称赞写得又快又好。

一位K2家长说长子读的是国际幼稚园,认字不多,次子读根德园后,看到他认了那么多中国字,全家都非常高兴。另一位家长的儿子从根德园考入喇沙小学,已读到五年级,因为基础好,至今仍读得轻松。根德园K2学生已可串词组、反义词及简单句子,如"小羊在山上吃草""我有很多好朋友"等。

对于幼儿来说,初写方块字是比较困难的,尤其笔画较多的字。但如果方法得当加上勤练习,掌握横平竖直的基本笔画,连带英文串字、数学加减的横式竖式,书写上都可美观大方。

根德园K1首学期没有家庭功课,第二个学期有少量,几分钟就可完成。读到K2,功课增加不少,每日约需二十分钟至半小时,除中英数三项外,练习做多做少则根据学生能力自行决定,练习本转日也要交给老师批阅。我家老大目前已养成自觉做功课、做练习及自己收拾书包的习惯,不需大人陪读。

豪宅多用途

近日去九龙塘林肯道三号参加了一个婚礼。该处以豪宅改建，称为伊甸园或玻璃教堂，园林约万呎，建筑物以透明玻璃设计，那日正好阳光明媚，新郎英俊，新娘貌美，加之白色为基调的园林美景，视觉效果颇佳。

九龙塘根德道五号的 My Garden，也是一个证婚场地，因开业不久，建筑与装饰更为悦目。My Garden 就在火车站旁边，人流畅旺，不光做婚礼一站式服务，也招揽小朋友生日派对、成人聚会等生意。

看 My Garden 的各项收费，按小时计算，累计是笔大数目，租用伊甸园则可以半小时计算，丰俭由人。九龙塘内街都是独立的花园洋房，如果拥有一座院落，做类似婚礼用途，或开办学校、时钟酒店等，业主靠收租已是吃用不尽。

九龙塘豪宅占地面积大，虽然家家大门紧闭，但从院墙的用料，以及高墙上空自成一局的花木，仍可明显区分出不同宅院的迥异风格。

香港许多名门望族，像夏利里拉家族、唐英年家族、田北俊家族等都拥有九龙塘豪宅，九龙塘也住着不少富豪及明星。与伊甸园一墙之隔的林肯道二号，近年叫价三亿三千万港元；旁边金巴伦道上，周润发住了二十年的院落，市场价四亿港元。

何鸿燊的四太梁安琪，两年前以一亿九千万港元买入根德道十五号，与国际学校耀中毗邻，耀中申请租用此单位扩大校园，政府正咨询公众。四太投资眼光独到。

买楼题外话

政府连推两轮"辣招"稳定楼市，住宅买卖出现减价情况，成交量于低位徘徊。多数权威说法都认为，年内楼价将下调一至两成，类似消息对有意置业者有鼓舞作用。

买楼不是发达的唯一途径，但却是发达的最快捷径。SARS期间买楼者十年来身家翻了几番，所以，我总是建议年轻人积蓄首期资金后，看中时机就咬牙入市。我侄女于SARS前买入一个黄埔花园的银主盘，四百余呎一百万港元出头，至今市值四百多万港元。

我曾在黄埔花园住了十五年，对那里较熟悉。1997年前后，有朋友也想到黄埔住，看中一个近八百呎的单位。约业主看楼时，对方称夜晚不在家，白天要睡觉，好不容易约到时间，进单位一看非常满意：多处落地镜，厨房靓装修，厕所按摩浴缸。业主似是一位欢场女子，睡眼朦胧但斯文美丽，她说墙上的油画都是弟弟的作品，可以随屋赠送。

该单位买时三百多万港元，朋友接手时六百多万港元，我直觉上太贵！此单位后来跌回三百多万港元，去年竟回升到七百几十万港元，买楼的事真的说不准。

另一位友人1997年前看中黄埔一个八百五十呎的单位，市价三百多万港元，业主竟开价五百万港元，内含百多万装修费，友人喜欢，贵也买，后来升至七百多万港元，也算是有眼光吧！

也见过一个"讲眼缘"的买家，因为见到卖家墙上挂的"全家福"，说是看人家老少三代个个都顺眼，买下这单位心里舒服。

两面夹击

2013年4月一个月内人民币对美元汇率不断升值，市场对人民币升值的预期逐步升温。有金融界人士表示，央行明显加快了人民币对美元中间价的升值步伐，给交易市场一个明确的信号，就是央行在现阶段乐于看到人民币对美元汇率升值。

但有专家分析说，日本持续实施宽松货币政策，铁了心让日元贬值，美元今后走强是大概率事件，人民币不可能长期大幅升值，也有向下走的可能。

在我记忆中，四十多年前家人从香港汇一百港元到内地，仅兑换三十几元人民币，以外汇券的形式，可去"友谊商店"购买市面上买不到的优质紧缺物资，如木料、单车、大米、食油、饼干、糖果等。后来，外汇券取消了，"友谊商店"失去了特殊功能，而人民币则一路升值，至2006年汇价突破一比一的关口。

香港人出售内地物业，收人民币，再折回港币，是一笔不小的"增值"。香港那些艺员歌星，热衷于去内地赚"人仔（即人民币）"，再回港买豪宅，钱换钱多了很多。港币兑人民币的汇价屡创新低，如果继续贬值，会不会又回到一百港元兑换几十元人民币？

未来的变数难以预料，但就目前而言，人民币大幅升值将加剧热钱流入，对内地的资产价格和物价水平造成压力。楼价贵了，香港人可以不去买楼，但民生物资价格上涨，香港人便将蒙受港元贬值及物价上涨的两面夹击。

古朴东方美

　　每周二送孙女去浸会医院后面的建新中心上兴趣班时，总会在旁边的"润土民艺"店外驻足一阵。玻璃窗内挂了多件各季女装，都是布料手工制作，有一件斜襟袄的下摆密密绣了一排伞及小人，好像旧画报中民国女子的衣衫。

　　以前在元朗交通广场也有一间售卖中式衣饰的店铺，名叫"古妆"，店内更摆满古董玉器。店主夫妇形影不离，永远是古典打扮。后来店铺不知搬去哪里。上月在锦上路西铁站又见到二位，仍是女着旧式长裙男着唐装马褂，他们好像从另一个世界款款走来，独特风情引得路人注目。

　　中式衣饰蕴含的东方美及历史风尘，总令人遐想翩翩。二十多年前，我在广州一家酒店看中一件旗袍，草绿色丝绸面料，手绣花卉图案，售价仅三百多元人民币，买下后收藏至今。另一次是在河南郑州，买到一件上海出品的开襟长身毛衣，湖蓝色底，上面是浮雕珠绣，穿上身有下坠感觉，线条流畅兼具立体感。

　　前几年，曾为出席一个大学毕业典礼，跑去罗湖城寻找合意的旗袍面料，发现单是织锦缎就分为好多种，光泽好又挺括，花纹图案丰富多彩。

　　现今中式衣饰的价值向两极化发展，街头几十港元可买到一件小旗袍、一套武打衫，但质地手工考究的，单是上面一粒玉石扣已代表极致的追求。华美中式服装配搭复古珠宝，最能展现古朴东方美。

元朗新街

周日外出采购,元朗新街是常去的地点。这里街铺繁多,户外摊档密布,水果蔬菜品种极为丰富。想节省的话,用二百港元买够一周的蔬果之需,除了这里别无他处。

一百港元买各式蔬菜,可买约二十斤;另一百港元买水果,橙、苹果、西瓜、葡萄等可买五六样。只要你背得动,瓜果真是半买半送,像带花青瓜十港元六条,红心火龙果二十港元四个(大超市每个售十几港元,还很难买到)。

我们买的车厘子,三十八港元一磅(其他地方要五六十港元),鲜亮饱满,四十五港元两磅的也有,但颗粒较小;泰国芭菇十八港元一磅,甜甜的有山竹味道;应季的仙桃、荔枝、龙眼、黄皮很多摊档有售,价格都不贵(编者按:1磅约等于0.45千克)。

一掌多长的大芒果,在大型超市要几十港元一个,这里二十五港元两个。大芒果不是时时有,以往在元朗新街附近一家餐厅门外,常堆着许多孟加拉国大芒果,每盒八个,八十港元,销情不俗。据说《明报》的老板张晓卿在马来西亚也拥有芒果园,有一年收获时节,他将大批芒果送来编辑部,纸盒开启,浓香四溢。不管产地是哪里,大芒果都是美妙物品,不吃,看看闻闻也愉悦。

走出元朗新街没几步,便是元朗有名的食街——又新街,看这街名:"又"是一条新街!这条街卖的是熟食,市区人周末常来这里"打牙祭"。

筹谋退休花费

邻居太太陪着丈夫报读钟表修理等业余课程，并且钻研各种咖啡豆，家中咖啡机、杯碟琳琅满目，她透露这是丈夫在为退休后的生活预作准备。

这种对退休后精神生活的追求，显然是在家庭经济已有保障的前提之下。港人除公务员外，并无退休金的保障，强积金储蓄金额数额有限，如果靠综援、伤残津贴或高龄津贴，入息仅在四千港元以下，生活将会很困苦。

政府统计处指出，四成三十五岁或以上将面临退休的香港人，没有为退休后的花费作准备。社会上许多家庭供楼、供养子女已捉襟见肘，哪里还有余钱作投资储蓄？他们唯有寄望政府多作退休支持。

不过，面对人口老化，劳动人口渐趋减少的状况，政府靠卖地、收税维持，财政源头并不稳定，增加照顾长者的钱又将从何而来？

幸好仅是四成人未为退休花费作准备，六成人已是未雨绸缪。某基金曾做了一个调查访问，当问及被调查者预计将来退休后会倚靠哪些收入来源时，人们的选择依次是：出售股票、做兼职、强积金、年金计划、儿女供养、租金收入、遗产等。

该基金认为，靠出售股票变现，其回报难以预测；靠强积金或年金未必稳妥；靠儿女供养会加重子女负担；等遗产，只有富裕家庭才有。说来说去，如果退休后拥有自住楼，并有另一住房提供租金收入，退休生活便会容易得多。

舒适村屋

十几年前,一位老同事退休前卖了北角五百多呎的单位,在元朗买了一层村屋,面积七百呎连约三百呎花园,售价一百三十万港元,他说老俩口够住了。大家都羡慕他将搬到一个空气清新,又可养花弄草的环境去生活。

以前对村屋没什么概念,第一次到访的村屋是西贡壁屋,一位旧上司夫妇在那里居住,那是一个上层连天台的单位,他们多年在欧美居住,家园布置颇为西化,大厅满布各国工艺品,开放式厨房小巧洁净。门外黑色云石阶梯通往天台,天台一半属"僭建",内有沙发、书架、秋千等,另一半是"室外",种了些盆花,居高望远,晚霞映照海水,波光粼粼,景致美观。

美丽豪华的村屋在新界随处可见,锦上路近长村公园有一栋村屋,建筑富丽堂皇,满园草坪修剪的绿绸缎般光滑,自动喷水器在草坪中央旋转,水雾弥漫。林锦路旁一些村屋则喜欢在园内设养鱼池,可见到超大锦鲤。

近年村屋价格猛涨,像锦田一栋全新村屋连八百呎花园,开价七百三十八万港元,大棠邻近元朗市中心,全幢村屋连千呎花园,要价八百五十万港元。尽管如此,类似价格相比市区单位还是物有所值,住惯了村屋的人都说,其最大好处是活动空间大,看天看地不憋气。

村屋愈盖愈舒适,愈盖愈高档,有规模的村屋配套设施也趋完善,管理、保安、清洁与豪宅不相伯仲。

好学即财富

内地大学多，大学生毕业后要找个理想工作不容易，有些企业一听不是"211"（政府面向21世纪重点建设的100所大学，名为"211工程"）出来的，便不会聘请，所以，做父母的每说起孩子的升学就业，就有滔滔不绝的话题。

香港父母从孩子的幼儿班起就精心部署，沿着名校升名校的钢索较劲，内地父母也差不多。有的孩子不喜欢读书，家长恨不得替他们去上学。有钱的父母干脆早早把孩子送出国门，希望外国人给他们的孩子换换脑筋，几年后孩子"学成"归来，父母发现，他们钱没少用，本事却不大，有些还学坏了，懊恼者也是不少的。

近日游览黄埔港，归途在广州大学城停留，这虽是第二次漫步参观，仍惊叹这校园规模之大：外环与中环之间是教学楼，中环与内环之间是生活区，核心区有各院校共同使用的图书馆、体育馆、中心湖公园等。

同行朋友的孩子在这里的华南理工大学就读，他说大学城离市区不远，车程约一小时，又有地铁，交通不成问题。老师走教，学生则留宿，三十多平方米的宿舍住四人，有独立厕所。费用方面，学费加住宿费，每年交给学校约七千余元。我们听得瞪大了眼睛，这样低廉的收费可以读一流的大学，大概也是内地父母费尽心机，从小培养子女入读名校的原因之一吧。好学的子女就是财富！

心律失常

近年香港报刊杂志的内容，专题报道所占比例愈见扩大。除了新闻内幕、实例调查、专题特辑、人物传奇等栏目外，有的综合性杂志主打教人挣钱，大部分篇幅涉及股票地产，大小生意，南北财路；有些则是介绍一些特别的机构等，提供各类讯息，阅来多少都有得益。

例如"成功生意"，说一位开了十几年货车的司机，1997年炒股失败，欠了一身债。此后十年，他身兼几职辛苦还债。在给中环一家花店送货期间，竟发觉自己喜爱鲜花。几经周折，他在元朗开了花店，从卖花到制作插花盆栽，精心服务顾客，从而结识了一批阔太，阔太们又为他介绍公司生意，令他眼界大开，不仅收入稳定，还准备去港岛开分店，暴躁性格也变得斯文，令他老父大感欣慰。

一位商界女英豪，某周刊四页纸的悲情报道，给出的是这样一个信息：幸福女人在一夜间失去三十一岁独子，当时没有一个医生可以告诉她，健康儿子得了什么病，为何突然死亡？她在极度迷惘中到英国视察业务，同时到当地一个研究猝死的基金会拿取资料。回港后，她将儿子的DNA送过去化验，被断定患上突发心律失常死亡综合症，这种病具有遗传性，于是一家人都去验DNA，果然另有家人也患此病。

痛苦经历启发了她，她带动家族力量，在香港成立了遗传性心律基金会，帮助有需要的人。

东瀛桃香

这个夏季品尝的水果有惊喜,几斤重的台湾巨无霸芒果香甜多汁,直接从台湾空运过来,是我生平所见最大最好吃的芒果。另外便是日本水蜜桃,单是那个头已惹人喜爱。

近日收到送抵家中的水果礼盒,打开一看是日本和歌山"灿"级水蜜桃,共十三只。许是一棵树上的产品,竟好像同胞姐妹似的粉红娇嫩、绵密柔软。后来家人直接从日本购买,其中有信州产的水蜜桃,同样香味扑鼻、肉汁四溢。

水蜜桃原是产自中国的,后来被引入日本,不想因当地气候水土更适合水蜜桃生长,加之栽培技术日积月累,令日本水蜜桃青出于蓝而胜于蓝。

以前每逢夏季,北京街头巷尾处处飘散桃香,市区众多桃园,果熟时节现摘现卖。京郊果农则是凌晨踩着平板车赶往京城,在家属院中叫卖,至黄昏时,如果蜜桃卖不完,就倒在垃圾堆上,漏夜赶回去拉一车新鲜的再来卖。

我的家乡有"桃养人,杏伤人,李子树下埋死人"之说,老人认为桃可当饭吃,吃不坏人,而且也有"桃养颜"的说法,约是取其白里透红的形象意义。印象中无论是北京的还是江南的水蜜桃,都甜度可口,但都没有如今的日本桃这么大。

在砂土地里生长,施以有机肥,是日本水蜜桃的成功秘诀。熟透的水蜜桃是不需动刀子的,用手撕去外皮即可食用,一只下肚就饱了。

十铢吃泰餐

先生爱吃泰菜，所以近月来，我们几乎每周光顾元朗"香辣轩"一次。该馆的招牌菜有烧猪颈肉、铁板蚝仔蛋、香辣烧鸡、冬阴功、虾酱炒饭等，我比较喜欢那里的烧羊排。

香港所见泰菜来来去去就是那几样，其实真到泰国去吃，是很考究丰富的。有的高档餐厅，门外是小桥流水假山花园，门内以泰国盛产的兰花装饰，清香无比。长条餐台极低矮，食客坐于地上，脚可放在台下的沟道中，比日式坐法更舒适。

食品现吃现加工，像烤虾、烤蟹、烤鱼，试过方知味道不一般，众多小点漂亮的像工艺品，独特用料也只有去当地才能品尝，相比香港茶楼泰、中、西式相结合的点心，更为别致。

泰人家庭与港人一样爱叫外卖，常见花园小区内某家门柱上放着大包食物，送者不按钟打扰，不知怎样收钱的？小巷内到处是食肆，有的门内仅架一个小锅，客人点了原料后店主立即小炒，酸酸辣辣的赚人口水。20世纪80年代十铢可炒一碟饭，蒜泥菜末米饭爆香，打一只蛋在上面，烘干搅匀就可出锅上碟，再挤半只青柠汁和着吃。

到了21世纪初，十铢仍可吃一碗鱼蛋河，量不多，但你可不断叫，牛丸、牛腩等换着吃，汇率上相当于港币两元一碗，吃十碗也花不了多少钱。

上好芒果配新鲜糯米饭，洒些豆类，浇上椰汁，也是物美价廉的泰国地道小食。

中世纪百宝箱

中秋节前夕，花果店糕饼店的伙计们忙着四处送递贺节礼篮、礼盒，几日前我家收到一个大型礼箱。礼箱里面整齐排放着各式水果，待拆除胶花胶纸，取出果品，还有意外惊喜。不仅发现一把"貂蝉拜月"的绢扇，还见到这个长方形"古董箱"极为别致，上面装饰着铜钉、皮带、锁扣，像是欧洲海盗们在海底寻获的中世纪百宝箱。

百宝箱的制作和用料非一次性的，结实美观，是可以永久使用的实物。箱内附有"大使花礼"的宣传单，上面几十个花款中并不见类似图案。"大使花礼"是行内名牌，业务遍及全球，佳节在即，该公司生意必定兴隆。

中秋送礼除了月饼，其他礼品如红酒、鲜花、水果、糕饼等种类繁多，尤其是近年香港饼店走高档路线，像冯美基、郭志怡等名女人所开的店，花款新潮，明星富豪不惜重金购饼。

饼店出售的造型蛋糕非常受欢迎，我也是近几年才有所了解。家中每逢有孙儿女过生日，他们的父母便会选购外形独特的蛋糕，有的蛋糕被艳丽花瓣包裹，有的蛋糕上站立着公主、仙子，有的则是童话故事造型，打开蛋糕盒盖时众人的惊呼声，便是对制作者的最佳赞许。

中秋送蛋糕不失为一个好的选择，而礼品包装是个实用对象，比如这个百宝箱，亦是一桩赏心悦目之妙事。

吓了一跳

国庆节全家去山顶玩,沿环山路走完一圈,孩子们大喊肚子饿。当时十二点刚过,不料家家餐厅都已爆满,见"峰景"门前有人排队,我们也加入队伍,等到餐厅开门,竟说预定满位了。

终于在某面店等到一个四人位,老小共十人挤坐桌边。最先上桌的净牛腩,一人夹一块就清碟了。再上的牛腩牛筋、蚝油芥兰,碟子一样地小。等到云吞面、云吞河上桌,见那小碗比家里饭碗还小,每碗四只鲜虾云吞,孩子们吃还行,大人要吃饱怎么也得三四碗。

这家餐厅,以味道好闻名,不知是怎样评选的,仅是看口味,不算价格不计分量吗?外出用餐,有时不理会实际吃了多少,吃得好不好,就追求个情调,或者是当天太肚饿,情调被吞落肚而不自知呢?

山顶风景一流,正是秋风送爽时节,大自然的美好清新令人陶醉。国庆日游客特别多,他们来玩来吃兼且采购,山顶商铺内,慷慨解囊者,买粒珍珠,买块手表,动辄数千上万元,商家最开怀。

但也并非个个游客是阔佬,一位老年男子背手弯腰细看一家商铺门口的几把伞,店员用普通话介绍说:"法国货很耐用的。"老人问多少钱?店员回答:"四百五十块(港元)。"老人直起身立即离去,口中说:"吓了我一跳!"

这位老人可能没在山顶开餐,如果见到四十港元一小碗的云吞面,会不会也要吓一跳呢?

忙碌童年

现在的孩子为了不输在起跑线上而激烈竞争,一出娘胎就要学习各种技能。2013年我家五岁半的孙女,好似进入"收获"期,无论中英数各科、学舞学琴学画,都有了一定基础。

梁锦松和伏明霞的儿女,分别入读不同的附属小学,他说不期望子女成龙成凤,只希望他们能建立正确价值观。梁锦松夫妇本身名利双全,子女又入读名校,正在成龙成凤,已是赢在起跑线上了。

一位相熟的家长去年为幼子报了十间小学,当得知九间学校拒绝录取后,丈夫要她立即辞工,在家全心培育孩子。她说让儿子读了十几个兴趣班,报考资料也准备得很充分。总结"失败"原因,她认为获名校录取的孩子拿的是一叠奖状,她儿子拿的则多是证书,所以相形见绌。

另一位"失败"家长抱怨社会的不公平现象,认为名人家长的光环辉映到子女头顶,令这些孩子的人生顺风顺水,普通家庭条件有限,孩子进名校机会渺茫。

香港的教育机制较为复杂,单是小学,就分为官立、津贴、直资、私立、国际学校等,招生方式有的需要面试(同一间学校甚至要面试两至三次),家长需提前了解各校招生准则、面试内容;有的是统一配位,不分成绩靠运气,这种方式是否公平也见仁见智。

辛苦的孩子,忙碌的童年!

有计划妈妈

　　为求子女入读名牌小学的家长，通常提前一年就要做部署，该拿的证书和奖项，务求按时段逐步得到。一位妈妈对小提琴老师说："我的儿子要在八月前考获五级。"老师答："不可能，你儿子学琴不久，考三级都不可能啦！"妈妈坚持说："你教他考试那几首曲就行，其他不用学啦！"

　　妈妈如愿以偿，儿子考到小提琴五级，被最心仪的男校录取。但儿子从此恨死小提琴，将其束之高阁，碰都不碰，妈妈无所谓，儿子考小提琴本就只是手段，目的既然达到，现在学不学都不再重要。

　　钢琴老师也会遇到类似的"有计划妈妈"：明年四月考三级，八月考五级，不必讲究根底功夫，不必系统学习，练熟考试内容就行。老师"拿人钱财替人消灾"，唯有照做吧！

　　都说香港的孩子厉害，像最受欢迎的几间小学，号称每个学生皆是精英，都有出众才能。有些才能的得来，其实是家长处心积虑"逼"出来的，父母是孩子成功的推手，是真正的幕后英雄。

　　培育出色的孩子须付出代价，父母有财力，可以交给各式老师去教，清贫父母，若有锲而不舍的精力去督促，孩子一样成才。以前某报的一位总编，与做教师的太太为供女儿读名校，住了多年廉租屋。女儿们大学毕业去美国发展，小女儿所在的科技公司上市时，她获分不少股份，一夜暴富，父母拿着女儿给的钱四处置业。

新香米抵港

10月18日走去米店询问:"家中米快吃光了,何时有新米卖?"店主心情正好,大声说:"今年第一船泰国新米马上就到,你过几天来就有了。"

记得去年(2012年)的泰国新米是在11月20日前后到港的,今年提前了。我家以前一直买超市的香米,十多年前才懂得到米店买二十五公斤袋装新香米,吃过之后,便再不想买超市米。新鲜香米饭味甜糯,不佐菜也好吃得很。我们吃的牌子目前已涨价至三百二十港元一袋,每公斤平均价略高于超市价,但物有所值。

并不是一年到头都可吃到新米,11月到转年3月,味道最好,然后就逐渐转差。店主告诉我们,至今无办法保鲜香米,到七八月时,香米就不好吃了。不过,我们对米店的米始终有信心,年中买的米毕竟仍未出一年,未算陈米,口感还是不错的。

泰国米享誉世界,大量出口换外汇。泰国米的香味以茉莉作标志,泰国人却说是露兜树味。婆母生前在港吃泰国香米后曾说,最好的香米首先是本国人享用的。

泰国香米一年一造,白米则一年三造,出口米当然不可能全是香米,所以买米时要问清楚。真正的新鲜香米煮饭时用水量比普通米少约三分之一,水多煮的米开花成烂饭,口感便大打折扣。

新派粤菜

近些年在内地城市的餐厅用膳，常是以"位"点菜的。一位既一客，如果按"位"吃套餐，各吃各的，简便清洁，顾住谈话就行了。尤其是那些会所、俱乐部，几个人走进餐厅，消费大致已有的计，每位两千，十人就是两万。

香港上档次的餐厅按"位"点菜也日趋增多，有说是香港学内地，谁学谁还真难说，只要膳食质素佳，价格可以接受，食客并不介意餐厅以何种方式提供菜肴。

一次家人决定外出晚膳，市区心仪的酒店餐厅全部预订满位，最后在屯门的黄金海岸酒店餐厅订了位。这家餐厅的中菜加入西式元素，制作颇为花巧，食客多有好评，称之为新派粤菜。

我们点了两盘散菜及四位套餐，包括鲜虾和风什菜沙律、龙皇杏汁花胶炖白肺、"粤"式龙虾汤、脆糖黑豚肉拼三文鱼卷、蜜椒汁香煎澳和牛卷、高汤焗开边龙虾伴日本稻庭面等。

两种汤的味道都属上乘之作，尤其是炖白肺，牛奶般雪白滑润，一盅入肚已是半饱，随后菜式不断上桌，鲜虾、和牛、龙虾都是好材料，面味更是鲜得大小都赞好吃。

"位"菜的分量本是小碟小碗，但因为不停地上，而且都送到你的面前，有"吃到何时才是了"的涨饱感，吞入肚的食物其实比吃自助餐和点散菜要多，很抵食！

诱人茶点

香港幼儿园大多是半日班,孩子在校三个半小时,中间有一次茶点。孙女曾在某国际幼儿园读了三个学期,该校的茶点是中式的,通常是菜肉碎煮粥或字母粉等。时间一到,孩子们上厕所洗手,坐定,老师分配给每人一套餐具,包括碗、勺、水杯。

孩子们吃这些流食是比较舒服的,吃完交出餐具,学着自理生活。老二读的是另一间国际幼儿园,这家幼儿园的茶点偏向西式,牛油方包切成十几块,每人分一块两口就吃完了,一口果汁对于孩子们来说也成了不断讨要的诱因,老二及后来也进去读的老三,两岁前最会举着杯子喊:"多点!多点!"

国际幼儿园每月七八千港元学费,这茶点量似乎太少。不过,站在校方角度,他们校址在九龙塘,月租几十万港元,员工薪金几十万港元,这两部分已用去所收学费的七七八八,还要盈利呢?孩子们的茶点支出当然要控制。

目前,老大老二在根德园读幼稚园,学校没有提供茶点,需要自己准备。通常会带些他们平时爱吃的零食,如鱼条、芝士圈、糕饼等。家长们准备的茶点五花八门,如有老师品尝一口,孩子们会非常高兴。老二读K1时,有一次回来,茶点盒里有蛋糕,但我家带去的不是蛋糕,问他怎么回事又说不出。第二天送他进课室,他邻坐平时对老二不理不睬的三岁女童,突然变得兴奋热情:"Ryan,你来吃啦!"哈!看来是她调换了茶点吧?

郊游好时光

香港的冬季好似北京秋季,天高云淡水远山长,是一年中郊游的最好时光。香港有许多郊野公园,遍布港九新界;各区则有人工兴建的大小公园,各具特色;街道两旁的翠绿"市肺"更是观之不尽。

大埔大美督一带是我们较爱去的地方,那里不仅可以烧烤、踩单车、划艇享乐,更可沿水坝(一边咸水一边淡水)走进山里去,到体力不支时赶快回头,否则将夜宿寂静山林。

离大美督不远就是新娘潭,瀑布泻入照镜潭,清澈泉水淙淙流淌。新娘潭对面是八仙岭入口,如果不想上八仙岭,可沿新娘潭前行不远到达乌蛟腾,从一条古道山径,走一个多小时,抵达三桠村,沿途绿荫清溪,景观非常优美。

三桠村有个小餐厅,我们有时会在出发前打电话预约,请对方准备一只走地鸡,活鸡即杀即煮白切,抵达后细品香浓鸡味,享受三桠村远离尘世的清洁宁静。不怕累的行山客歇过脚会继续前行,走三小时前往荔枝窝,驾车者通常是顺原路返回乌蛟腾取车。

沿新娘潭路可前往鹿颈鸦洲,只见处处红树林和鱼塘,鸦洲海滩与鹭岛相距不远,成群白鹭或在海上飞翔觅食,或在岛上绿色树枝间栖息。此处游客最多,他们坐旅游车来,不必爬山越岭。有些阿婆在鹿颈路边摆摊卖新鲜蔬果,最受女游客欢迎。

上述旅游点处处胜景,一天玩一处已可尽兴。

乐富新街市

乐富街市装修半年重新开张那天，我特意去凑热闹。街市以前环境较差，摊档多、通道窄，相比邻近的九龙城街市，高档些的蔬果海鲜亦不多。新街市令人眼前一亮，通道比超市还宽，摊档面积大了，货品均可整齐摆放，在里面逛了几圈，发现不仅有公正磅、洗手盆、手推车，还有顾客服务处，泊车优惠在这里处理就行了，不用再跑去商场盖印。

开张一段时间后，店铺愈开愈高档，烧味店、手撕鸡专卖店、鱼蛋王餐厅以及寿司柜、鲍鱼海虾档……真成了领汇旗舰店乐富商场的延伸。

一次与理发师傅聊天，他说可能是领汇加租加的，他老婆觉得新街市的菜贵，常跑去黄大仙买。我问他百佳没加价，为什么不去百佳买？他说百佳也贵。

百佳与UNY（日资超市"生活创库"）在乐富街市装修期间进账不少，尤其是新鲜食品，到下午四五点货架就空了。街市重开后这两家超市的生意大受影响，UNY虽有时连续几天打九五折优惠，还算沉得住气，百佳则想了一个奇招旺人气，他们将大批菜心堆在入口处，吸引公公婆婆一条条地挑捡，那些菜被搅得乱七八糟。

乐富公屋区人口众多，邻近九龙塘又无街市，都有助乐富商业的繁华，价格略贵不是问题，服务殷勤方便自然会受欢迎。今次领汇将街市下面的停车场一并装修，光洁明亮，唯一不足的是进出口泊卡机没换，仍反应迟钝。

孙女入名校

孙女收到了拔萃女小学的录取通知书，该校刚在《2014香港最具教育竞争力小学五十强龙虎榜》中夺冠，也被指是今年最难考的小学。

第二次面试时，校长亲自见考生，她拿出图片，上面有几只小鸟，问孙女最喜欢哪一只，孙女说喜欢中间那只红色鸟，因为它身上是红色羽毛，尾巴和翅膀是彩色的，嘴是V型蓝色的。孙女没有"世袭"、宗教等优惠分，能考入心仪名校，证明她具备一定实力。

孙女两岁半开始习舞，三岁开始学钢琴、绘画，五岁开始学小提琴，至今不到六岁，已可游自由泳、背泳五十米，正学蛙泳；她能操流利英语、国语，通过有关考核，并收获不少公开比赛奖项。她所读的根德园是一所传统名校，中英数的教授较系统，所以，简单些的图书她已可阅读。

在琴行见到一个来港不足半年的北方男孩，他母亲说："在内地你住哪里，就可入读家附近的小学，这香港考小学怎么这样麻烦？"说起屡屡面试无下文，她一脸焦急。的确，港童承受的升学压力超乎寻常。

我在各种场合见到大批优秀儿童，强中更有强中手，竞争怎会不惨烈？孙女班中有同学被拔萃男小学及圣方济各等名校录取，另一同学在"自行分配"中被协恩录取，听见她妈妈对老师说："放学不坐校车了，我来接她，今晚全家吃饭庆祝。"孩子迈过一"坎"，是该松口气啊！

人生畅忆

秘密夫人

在浩瀚人海中能与某些人相遇，是一种缘分。这些人可以是知心的朋友，也或者仅是同学、同事、邻居……每个人有自己生活的空间，有自己的人生故事。

20世纪90年代初，在黄埔花园居住期间，一位二十几岁的女子带着一个四岁的儿子，租住我家楼上的单位。一来二去的，大家相识了。她将自己的遭遇讲给我听，方得知，那头发微鬈，双目明亮的可爱男孩，竟是没有父亲的。

她原是某航空公司的地勤小姐，认识了一位大她四十岁的男人。那男人有自己的店铺生意，甚至是该行业的总会主席，一个有头有面的公众人物。他未隐瞒已有家室，但承诺会永远照顾她的生活。她辞工时，遭到家人的激烈反对，她一意孤行，家人从此与她断绝来往。

她做了秘密夫人，男人非常疼爱她，得知她有孕后，在他们租住的地方种了满园的玫瑰，说这些玫瑰是为她种的，她就像玫瑰一样娇嫩芬芳，男人又常常亲手喂她吃燕窝粥，更在旺角西洋菜街买了一层楼赠予她。但在孩子生下来不到一岁，他却如一去不返的黄鹤，再不见踪影了。她后来得知，他的生意早已结束，新添的孙子与她的儿子差不多大，他与家人已移民他国，具体是哪一个国家，没告诉她。生活顿陷困境，她只好卖了西洋菜街的单位，作为租金和日常费用。

红磡一间珠宝厂的东主三十余岁，新婚不久，一次在街上偶遇，以为她是日本妹，主动与她交换电话号码，自此私下交往了一段时间，这令她经济上略有收益。她总是为将来的生活费发愁，因为她一人拖着孩子无法外出工作。

一天晚饭时，她突然来按门铃，一脸焦躁，问可否借几千元予她交租应急，等资金周转开便会归还，我与家人商量后，委婉拒绝了她。

此后，便再也没有见过她们母子。

阿咪姐姐

阿咪姐姐是印度尼西亚籍女佣，六年前来我家工作时芳龄二十七岁。她中等个头，身体健康，小学文化程度，有一双又黑又大的漂亮眼睛。

阿咪曾在将军澳的一个家庭做过四年，后返乡结婚生子，相隔四年又来到香港。我们贪她曾经生育，有个三岁儿子，协助我们带小孩会较有经验。

她来后大半年内，我家电器接二连三出问题，先是洗衣机不转了，可能是衣服放得太多，马达拖不动，总之坏掉了，只好换一部；接着是抽油烟机和消毒碗柜罢了工，也只能重买；冰箱不该结冰的地方结了冰，来维修的师傅说使用不当。电器是会寿终正寝的，但我家这些电器使用的年数都不长啊，只好不断嘱咐阿咪小心一点。

阿咪有一股蛮劲，什么东西弄不了，就用死力去弄，不会用巧劲。花园的玻璃门不止一次被她拉脱了轨，塑胶奶嘴也常被她用刷子捅穿。一次爬上梯子用静电纸擦客厅的水晶灯，突然哗的一声，只见吊灯仅被一条电线拉着，倾斜在空中摇摇欲坠，立即打电话求救灯饰公司，对方要第二天才能来重新安装，但叫我们立即慢慢卸下全部水晶球，以减轻吊灯负荷，那次真是惊怵一夜，全家大小均感不安。事后问阿咪怎样擦灯的？她说学兰姐（家中钟点工）转着擦，兰姐是左转一下右转一下（实际这样也不对），阿咪却是朝一个方向转，是在玩拧电线啊？

告诉阿咪,今天这道菜切丝炒,得了,连着几天,不论什么菜都切丝,当你发现有问题,告诉她这种菜要切块,好了,以后的菜便大都切块。类似的事不断发生,不懂得变通啊?在上一手主人家不做中国菜吗?阿咪说在那家只学会做鸡翅、水蛋、菜芯,其他都不会。

阿咪的家乡不通火车,没有飞机,离大城市泗水还有六个钟头的车程。阿咪的爸爸是地主,拥有不少田地,雇用当地农民种植大米和黄豆;家中还有多头种牛,下了牛犊便拿去卖,收入不菲。从照片上看,偌大的院落,住得比不少香港人舒服。阿咪常对人说,她家四个女儿,阿爸最疼她,她的老公是住在她家的,她在家什么也不用做。那么,一个千金小姐,为什么要出国寄人篱下做个不停?照她的说法是,想挣钱买地,上次来香港工作四年的收入,阿爸帮她买了一块地。今次来我家赚到的钱,也将会用来买地。果然是地主女儿,对土地的欲望非同一般。

屋苑中各家的工人姐姐几乎每个周日都休假,乖一些的约同乡聊天逛街,不太乖的三五成群,打扮得性感艳丽,去与男人跳舞喝酒。我家附近的八乡,居住着不少外籍人,那些强硕的黑皮肤男人,见到女佣更会主动搭讪,如狼似虎的眼神令人生畏。邻居一位工人姐姐,打算与巴基斯坦籍男友结婚了,注册那天,男友竟是没有护照的;另一个工人姐姐,周日晚放假归来,满脖子被人"啃"得红红的,女主人很是不满,厉声道:"你拍拖也不用给我看!你自己去照照镜子!"

相较之下,阿咪算是安分守己的,她每月只要求休一天假,公众假期也留在家中工作,这样可多赚不少钱。我家花园原本种了许多花草,阿咪认为鲜花不能吃,不值得下这么大的工夫,不如种菜更有用,结果,我们听从她的意见改种蔬果。几年来,我们在铁丝网下种长豆角、荷兰豆,长种长有,从春吃到夏,从秋吃到冬；我们将三分之一草地辟作菜园，分为四畦，每一畦种不同的菜，不大惹虫收成较好的有生菜、芫荽、茼蒿、芹菜、芥菜、茄子等。前年种的白茄子很好吃，去年阿咪建议我买紫茄子的种籽，不想产量更高，二十多棵长了约一百五十条茄子。茄子和豆角都是快熟的植物，三四天一摘，不摘就老了。阿咪不少时间都在花园里忙碌，她将幼儿们喝剩的奶水及大批汤渣发酵，制成上好的肥料。经年累月地使用这种自家农肥，菜地变得又松又软，长出的豆角无筋，幼儿也可吃；大芥菜滚汤鲜嫩香甜……无菌无农药的蔬菜深受家人、邻居、同事的欢迎，而种菜的过程更是充满乐趣，令阿咪身心愉悦。院子里一个台湾太太见阿咪拎着蔬菜、木瓜这家送那家送，很是欣赏，对我说："啊哎！你好像中了六合彩，请到这么好的工人，我家那个，买菜不会，煮饭不会，清洁搞不好，我现在是她的工人啊！"阿咪听到此类赞赏，当然沾沾自喜，不断重复给她的同乡们听。

我家四年里增添了三个小生命，阿咪姐姐来后一个月，孙女然然出世，十九月后，孙子小语于金秋时节呱呱来到人间，再相隔二十四个月，又一个孙子熹熹加入这个热闹大家庭。孩子当然是要父母家人亲手哺育教养的，阿咪的角色是助手，协助我们打理家务，协助我们照顾好三个宝宝的吃喝拉撒。她用那条印度尼西亚产的印花布，兜着孩子们晃啊晃的，哄他们吃奶，哄他们睡觉，带他们外出看风景。孩子会走了会跑了，便大小不分嘻笑打闹玩成一团，有时各踩一辆单车满院子疯癫，或者背背抱抱比赛谁跑了第一。阿咪的手机里录了多首印度尼西亚歌曲，只要孩子们要求，她便放歌给他们听。每逢此时，都可感觉到阿咪很享受家乡悠扬的乐曲，她轻轻地跟着哼唱，孩子们则手舞足蹈，欢蹦乱跳，甚至满地翻滚。

随着日月流逝，阿咪姐姐由一个经验不足的女佣，练出了许多看家本领：四年做了三次猪脚姜，侍候月子的催奶、滋补汤水煲得不错；北方面食、江淮菜肴、潮州打冷，做起来也头头是道。单是鸡肉，便可做出四五种不同款式，满屋飘香之际，我们常会说："阿咪，回家开菜馆吧！"

我们本想留阿咪做多几年的，但她的老公不肯，说阿咪如果再不回去，他便离家出走。阿咪走前，我们请了一个菲佣让阿咪带两个月，哈哈，阿咪俨然半个主子，很自信很有优越感。不得不佩服，这个异国的年轻女子，学东西快，经验使她聪慧，而香港，令她增长见识，大开眼界，有了一个脱胎换骨的改变。

送别之际，相拥而泣。四年主仆，留下许多美好回忆。

神奇立体书

邻居一家去英国旅行回港，送来一些手信，其中有一本立体书（pop-up book）《Alice's Adventures in Wonderland》（爱丽丝漫游仙境）。书一打开，全家大小就被那构造复杂且神奇的立体画所震撼。第一幅大场景制作是一只拿着怀表的白兔正匆匆赶路，爱丽丝在后面追赶，爱丽丝的姐姐则坐在花丛旁边看书。画中的树枝挤在一起，幻化成咧嘴笑的猫头，端着茶杯的男人和紧握拳头的女人，这不正是故事中的柴郡猫、帽匠和红桃王后吗？

该书是立体书大王 Robert Sabuda，根据幻想文学始祖 Lewis Carroll 畅销一个半世纪的文学原著所制作，书中共有六幅大型立体画和十八幅小型立体画，不论大小，场景均非常华丽，让读者如身临其境。此书书中有书，画中有画，精美得难以描述，难怪多年来风靡全球，如此佳作实在值得收藏！

香港的首位立体书作家名叫刘斯杰，他的立体书创作《香港弹起》，将香港六种因为城市发展正逐渐消逝的建筑物，包括广式唐楼、木屋、徙置区、九龙城寨、公屋及商住洋楼，用立体纸雕的方式重现读者眼前。现今香港书局的立体书也不少，包括"爱丽丝漫游仙境"这样的大型制作。立体书主要为儿童读物，如"Thomas and his Friends"系列的《pop-up engines》（立体火车头），每幅立体画由几张画片穿插拼接而成。

立体书是文学与艺术的天才结晶，欣赏之际，我们惊叹纸艺家们怎会有如此高智商的设计。

时间淡化悲伤

杭州贴沙河前不久捞出一具年约三十岁的女尸，胸前背囊中还有一具幼童的尸体，孩子两手抱住母亲，清晰的照片观之令人心酸。母亲深陷悲伤或病痛不能自拔，竟带不谙世事的孩子陪死，此等悲剧何时可终了？

我在少年时期，曾在北京玉渊潭公园的河水中见到一具老婆婆的尸体，记得当时身边一位妇女说："什么事想不开，大年关的，要走绝路？"是啊！什么事大到要丢弃宝贵的生命呢？

人始终有脆弱的一面，在遭遇一些不愉快或突发事件时，会产生悲伤绝望的情绪，会觉得人生残酷，命运不公。生活中，相信每个人都曾经历过类似的负面情绪，尤其是遭遇太大的冲击后，会被焦虑恐慌的情绪所掌控，完全失去了应有的理智，周边人的"想开些吧！""保重自己啊！"之类的劝解，对当事人并无作用，在此时要进行正面思考、务实思考，谈何容易。

追求快乐，是每个人的生活目标，但快乐不可能永远在我们的身边。有些人看来没什么烦恼，其实只是他善于掩饰罢了。我曾有一个同事，他的妻子身体不好，儿子更是天生残疾，在一起工作近两年，他才说出"对人欢笑背人垂泪"的苦衷。其实，悲伤也是一种真实的情绪，一个正常的人不可能只有快乐没有悲伤。让时间去淡化痛苦吧！千万不要走绝路。

偷笑乌龟

八年前，我初初住进这个鱼缸的时候，还是一只乌龟宝宝，孤单的与许多条大大小小的锦鲤一起生活。鱼缸很大水又深，当我好不容易爬上浮石，想透透气的时候，那些锦鲤便故意撞翻浮石，令我又跌入水底。终于，我适应了环境，也强壮起来了。慢慢地，我开始对付那些锦鲤，先找小的咬，它们一受伤就开始不停翻肚，挨不了多久就得去见阎王。

后来，主人一家搬去另一个地方住，周末才回来照顾我们一下。男主人总奇怪，仅有的几条大锦鲤为什么会一条条失踪？他也曾怀疑我，但没有证据啊！其实，鱼还真是我咬死的，但浮在水面上的鱼尸，却是对面花圃的大野猫叼走的。鱼缸里现在只剩下我了。

女佣每次洗鱼缸前，总是把我扔到草地上，又怕我逃走，用脚狠狠地踢得我肚子朝天。这次，她受命来为我洗刷身体，那把刷子刺到我的头，怪疼的，我便咬了她一口，只听她一声怪叫，举着出血的中指去找女主人闹脾气："你说它不会咬人，你看看，这块肉快掉下来了。"

人类总是把一些做了错事又无胆负责任的人叫做"缩头乌龟"，真是莫名其妙！我们遇到风吹草动便缩头，并不是因为做错了什么，只是为了安全，同时，也是嫌烦。你们人类，有点事便纠缠不清，打生打死，值得吗？看我们龟类，不声不响，不争不夺，寿命多长啊！

网上购物

  我的首次网上购物始于两年前的圣诞节，当时想买几只手表，送给亲朋中的年轻人作为圣诞礼物，本想去一家有九折卡的表行买，但儿子建议不如在网上挑选。网上买的表除了包装不行，价钱、款式都算理想。自己另作包装，送出后大获赞赏。

  在网上买超市的货物也不错，如饮料、调味品等，一次买上一大批，约好时间等他们送上门，好过自己去买拎个"半死"。无紧迫时间的货，一般一周内也送来了，有时间性的，像冻肉店卖的进口牛扒、肉肠之类的，也不过两三天时间就送来，而且包装的很好，一点不见融化。

  曾奇怪有些货品为什么会送得这么快？如浙江、福建等外省厂家生产的衣物，我们在网上付款后，第二天便有人来按门铃送货。挑选网上的货品只需在家中进行，省时省事，而且还有一个好处，就是有时送来的物品，令人有意想不到的惊喜。儿子买了一个牛皮公文包，拿到手时，发现是水牛皮的，材料厚实耐用。

  也有不好彩（运气不好）的时候，我曾在网上看到一些款式不错的连衣裙，便买了两条回来，不知是我个头高了点，还是对方呎码有问题，总之紧绷在身上，无法穿出门，只好束之高阁。还有一次，买了一条工艺品颈链，一只怀表，那条颈链质地粗糙，手摸着都不舒服，又如何套到脖子上去？那怀表更糟糕，怎样调校都不走。

女佣还乡

印佣完成了在我家的四年合约,决定回乡与家人团聚。临行前一个月,已开始做离港前的准备工作。首先,用三百多港元做了一个负离子直发。负离子直发的效果是予人飘逸的观感,女佣工作时不可能披头散发,一定要将头发扎在脑后,有什么飘不飘的呢?而且,即使回到她终年炎热的家乡,日日大汗淋漓,头发也飘不起来啊!况且她本身已是直发,有此必要吗?但她反驳称:"就好像你们电发,好看一点呀!"

她的家人时有电话来,与她商讨买些什么。她的父母只要大红枣,缘于女佣前一次返乡时曾带了新疆大红枣,那是我们送她的,其实在香港也不易买到高质素的红枣,那又大又甜的稀罕物,他们还真没见过;女佣姐姐的儿子,十几岁的半大小子,说家中的洗发水用了掉头发,请她务必带香港造的洗发液给他;女佣的妹妹曾在香港工作了十年,去年才回去结婚,对印度尼西亚饮食早已不习惯,有了身孕更加没胃口,病怏怏的,要她买大批水果罐头带回去应急;女佣为丈夫则买了块手表,为儿子买了手提DVD机……

我们为她买了较高价的机票,可携带四十五公斤的行李。女佣每周日外出采购,回来后一次次装箱磅重计数。她走后,检视她房间的衣柜,发现她自己的四季衣物几乎全部未带走,鞋柜里,还留下了她的四双鞋子。

润宅墨宝

大多数人的家中多少都会有些挂画，闲时细细欣赏，既松弛神经，也是一种艺术享受。我家近些年也收藏了一些墨宝，有的来自拍卖行或画店，有的则是亲友赠送。

其中有一幅题为"令箭荷花"的较大型画作，是北京著名画家中耀的作品，画面上共有三朵盛放的花朵及四个花蕾，均为红白两色，一只蜻蜓是黑色与淡黄色相间，花叶则是长条微卷带露珠的墨绿色，这幅工笔画形象逼真又有气势，非常耐看。

另有一幅是长安派著名画家义生的庐山写生"红山人事朝暮色，留宫别馆苔两痕，空余窗前绫霄树，年年长夏夕阳红"，画面整体为暗绿色，一条石阶通往一座砖楼，小楼被树木环绕，静谧的氛围果然是"午蝉催睡夏荫深"。每次品味此画，都令我联想到一些历史事件和风云人物。

另有一幅字是清朝末代皇帝溥仪之弟溥杰的"艺宝书斋纸，传家翰墨文，风云流水易，人间万象情"，字写得柔软优美，大印章上是满文。有朋友调侃，此字如果真是溥杰写的，愈放愈值钱呢！

我与先生有一年回北京省亲，走去荣宝斋，见一位中年画家带着助手，当场作画当场出售，他的画全部以紫红色葡萄、青绿色哈密瓜、金黄色柿子入画，主题是"甜蜜家园"，我们看得入神，很是喜爱，便一口气买了大中小三幅。在返港途中，曾一度遗失，隔了几天竟失而复得，很离奇，看来这几幅画与我家非常有缘。

大战黑蚁兵团

又是一个周五的夜晚,我们返回元朗的度假屋,打算过一个轻松的周末。

谁知一打开大门,脚下竟是黑漆漆一条蚁"河",黑蚁中大部分已死去,可能是吃了蟑螂药吧?活着的那些忙乱地爬来爬去,好不恐怖。走进门一看,不少地方都有芝麻般的蚁群,天啊!人开始冒冷汗,肠胃也不舒服起来。

用各种方法清理,大干至凌晨二时,家里充满了消毒水的气味。第二天早上醒来一看,楼下大厅、厨房竟又爬着许多。赶紧外出买来大批杀蚁药,再一次大战。蚂蚁最讨厌之处是身体小,到处乱钻,你想捏死它,它却跑掉了。一些蚂蚁自身难保,却还拖着同伴的尸体,"杀戮"行动中,偶而也会产生一丝恻隐之心。

第三天早晨,蚂蚁仍是满屋爬,到底是从哪里进来的呢?不得不动用杀虫水了,前院后院喷洒一番。也就是几分钟的时间吧,厨房的门角处大批蚂蚁涌出,经查看,终于找到蚁道。原来蚂蚁是经过大门左边花槽的泥土,钻进厨房柜底,然后又咬通墙脚线的木板,爬到屋里来的。花槽内喷了杀虫水后,把它们从通道中全部逼出来了。

为什么蚂蚁兵团会侵入民居?一个可能是前不久的十号风球摧毁了它们的家园,它们需另建王国。另一个可能是邻居家常在门前烧烤,食物惹来大批不速之客,而我家平时无人,便成为蚂蚁们理想的住所。

凉拌高粱面

我曾在北方生活过多年,像北京、天津等城市,夏天酷暑季节,几乎家家都吃凉拌食物,如凉拌豆芽、凉拌豆腐、凉拌豆角、凉拌青瓜等,而凉拌面条,更是许多北方人常吃的主食。

买来切面,煮熟过凉水,每人一碟,上面放些青瓜丝,浇上稀释的咸芝麻酱,十多分钟就可吃进嘴了。或者用甜面酱、黄酱炒肉丝,盖在凉面上,也非常好吃。

在山西农村生活的那些年里,生活清苦,一年到头是萝卜白菜,吃不到什么肉,尤其是一见到用高粱做的馍馍或米饭,我们这些"北京娃儿"就更没胃口。一年夏天,生产大队领导特批了些白面,叫做饭的师傅掺进磨碎的高粱粉里做成面条,那面条颜色虽然深得不好看,口感又较硬,但因为有师傅炒的酱浇在上面提味,酱里偶尔还会有一点不知哪个生产小队送来的肉末或者豆腐,顿时伙食改观了不少,吃病号餐的人数大大减少。

凉拌高粱面的酱,是当地农民用吃剩的馒头大饼等发酵,然后在阳光下暴晒制成的,看着蛆在酱里钻爬,酱制成后蛆却不知所终。有些好心肠的村民常送一把新鲜的香椿,或者一些嫩嫩的南瓜藤、菠菜什么的,师傅便用开水烫一烫,切碎了盖在我们的面上,那就更加好吃一点。从此,我们再没吃过高粱馍和高粱饭了。

香港一些酒店或食肆售卖的日本凉面,像极了我们当年所吃的高粱面条,可惜只有清汤调味。

范仲淹后人

我与先生每次回北京,只要范岱年教授没去美国居住,两家人都会相约聚会畅谈。范岱年教授是范仲淹的后代,他的父亲范寿康,是中国近现代与张之洞、严复、蔡元培、鲁迅齐名的思想家。范寿康1913年赴东京帝国大学留学,1923年回国,任商务印书馆编译所编辑,主编《教育大辞典》。后历任中山大学、武汉大学等多所大学教授。抗战胜利后,任台湾省"行政长官公署教育处"处长、台湾大学教授兼图书馆馆长。1983年病逝于北京。

范寿康共有十一个子女,范岱年排行老二。范寿康1948年去台湾时,范岱年正在浙江大学读书,所以留在了大陆。范岱年学识渊博,是我们的恩师,他几十年来任职于中国科学院,我先生的一些译著,多是与他合译,或由他校稿。范岱年的堂弟范建年教授则比他年轻得多,曾与我在一个教研室共事多年。20世纪80年代中期,北方的范仲淹后人续族谱,范建年曾到天津来找我们,经我们牵线,找时任南开大学艺术学院院长的画家范曾,了解他是否是范仲淹的后人。

范岱年的祖父范高平,为浙江上虞县著名的学者和实业家,家中原有的"范氏族谱"清楚追溯到范仲淹。

争夺源于天性

家中有三个孙儿，老大是女孩，四岁半，升读K2；老二是男孩，不足三岁，勉强升K1；老三也是男孩，十个月大（编者按：本文成稿于2012年9月）。老大老二好的时候，勾肩搭背，歌舞连场，欢笑嬉闹。不好的时候，什么东西都要争，老大不停告状，老二不断动手，两人嘴里虽然淑女绅士般喊着："please！please！"其实是哭着追着打着。

生老二的时候，一岁半的老大哭闹了足足两个月，自己的玩具不许其他小朋友碰，甚至有点"暴力"倾向，在老二的满月宴上，更是从头哭到尾。我们分析，她潜意识里知道"主角"不是她，所以发脾气。到生老三的时候，老二闹得时间更长，现在这么大了，见到家人抱老三多了，还在不停吵："交换！交换！"

争宠是否源于人的天性？想想我们的祖先，如果他们不与其他族类争，不与大自然争，早已冻死饿死了。不过，对于孩子们的任性，做长辈的还需头脑清醒，若不将太自私的毛病扼杀于微时，待他们长大了会很难管教。

幸好老三还不懂得争东西，只会坐在学步车上横冲直撞，举着手东指西指。一天晚上，工人扶着他腋下，由着他在床上不停跳着脚喊："打！打！打！"突然清脆一声响，老二一巴掌打在老大左脸上，立即红了一片，又是一场混乱。真不知，以前人家生下十个八个的，是怎样带大的？

暑假终于过去了，老大老二可去幼稚园三小时，发泄部分精力。

一方水土

都说一方水土养一方人，不同地域的人有不同的脾性。我生于江南水乡，那里处处温润青翠，越剧评弹柔美悦耳；十岁进京，宫殿胡同目不暇接，京剧杂技从年头看到年尾；十七岁赴晋，只见白杨高耸黄土飞扬，大姑娘小媳妇爱穿绿袄红裤……

中国是这样大，过个十村八店，就有些不同的方言，不同的风俗，更何况江南江北、华东华西？1986年，我们一家去了汕头，儿子发烧进医院打针，只听护士小姐用不纯正的普通话对我先生说："你娶了个北方老婆生了个北方儿子。"接下来的几天行程，周围的人都讲着当地语言，先生可以应付，我却好像进了一个陌生国度。

来到香港，姨妈说："没想到你嫁了一个潮州人！"渐渐，我方明白到什么叫"嫁了一个潮州人"。"潮州人"这个概念在华南非常清晰，那是对潮汕地区民众的统称，但在北方，并不知道"潮州人"的内涵所指，更不了解潮州人的独特习俗，我糊里糊涂做了潮州人的媳妇，三十多年了也没学会几句潮州话。

家婆以前腿脚还灵便时，年年从曼谷来港小住一段时间。一次，家中来客在她面前夸赞我的厨艺，不想她反应很快地说："她把家里打理得很清洁啊！"她这是在迂回地表示我做（潮州）菜不行。人就是这样好玩，不是同种人，却进了一家门。

书架留痕

简培发是一个旅游发烧作者,他的《广东省自助游》在1990年我任该书的责任编辑时,已出到第七版。百分之八十港人的祖籍在广东,此书热销理所当然,随着两岸交往日趋频繁,据说台湾同胞也喜欢带此书一游广东。

简培发1987年考获爱丁堡公爵奖励计划金章级,当年是一个充满活力的年轻人。他在英国读书期间,四处游览,广泛收集资料,《英国自助游》1989年在香港首版时,他经常到出版社来,二十几岁的人头发已白了不少。他说在英国读书很清苦,不比得那些香港公务员的子女,留学有政府补贴,不必为生活忧心。

几年后,我已到《明报》工作,有一晚一位同事走到我的办公桌前说:"《英国自助游》的责任编辑与你同名同姓。"当时心中闪过一丝美好回忆。那些年,我有时会在书店转悠,看我经手的那几十本书还在不在架子上。

郑彼得是另一位令我留下深刻印象的青年作者,他从1972年起,逾百次前往各国旅行,其中八次进入苏联。他的《苏联旅行自助游》《苏联(中亚)自助游》等书也是一版再版。他与简培发一样,书中的名胜古迹、交通资料都很详尽,每次再版也必将作一次修改。

我任编辑的那些书,在书店保留时间最长的,除了旅游类,还有我亲手编辑的作文类,其中有《学生作文丛书》八本,以及《写作方法十讲》。

智慧玩伴

　　两年前在一个商场，见到一间门面不大的玩具店，里面的玩具大多是木制的。我们买了两桶用天然原木制作的积木，一桶是彩色的，另一桶是原木色，另带一点咖啡色、红色点缀。这两桶积木以基本形状为主，但也有少量人物、动物、树木等，而且有些木块上还绘有门窗、栅栏及砖墙，比较别致。家里虽然玩具种类繁多，但这两桶积木一直得到孩子们的喜爱。

　　我们小的时候都玩过积木，积木不仅可以搭建出千变万化的各种模型，更是一种训练孩子手眼协调能力的玩具，对启发思维，增进想象力和创造力大有裨益。尤其是孩子们看过一些有关公主王子住在城堡里的书后，对城堡有了一定的认识，他们会以自己的方式，搭出别具风格的梦想建筑。

　　积木堪称孩子们的智慧玩伴。一排高高耸立的美丽城堡，门前有一只马，正等待着小主人走出大门；一座小桥连接着一条大路，城堡的后面是一道围墙，围墙下有两棵绿色的大树，树下站着两个小朋友……每当孩子们搭出精采作品，我们会帮他们照相留存，孩子们得到夸赞便很有成就感，愈搭愈起劲。

　　孩子们跑跳的时间久了，让他们去玩会儿积木时，他们一般都会接受，这可以令他们安静好一阵子，专注力也得到了培养。有时，趁他们玩积木时，往他们的嘴里塞些平时不爱吃的水果蔬菜，不知不觉的，也吃进去了。

脊椎长骨刺

最近接到一个电话,一位女子轻柔地说:"你在我们瑜伽中心有一个免费名额,你可以上来谈谈。"一听"免费"两个字,就知道是骗人的鬼话。拒绝她后,后悔当时怎么没问清楚,他们怎会有我的电话号码?

练习瑜伽本是一件有益的事,其实我早已有此念头,只是目前诸事缠身,顾不上去学。一位年近六旬的家人,长年腿痛腰痛,最近连找两家医院做详细检查,诊断结果均是脊椎长骨刺引致,我也建议她不如做做瑜伽。

五十来岁的女人,经过几年的生理转折期后,正式进入老年,类似脊椎长骨刺这类病痛便会不断显现。看看周围差不多年纪的姐妹们,有的子宫生瘤,有的腿关节出问题,有的肠胃不妥,有的骨质疏松。

一位好友,七年前的金秋十月去四川稻城旅行前,与我相约在湾仔一家临海酒楼吃饭叙旧,当时她身体精神均无恙,怎知数日后传来噩耗,一场旅行,竟是诱发她隐疾的根本原因。她的突然离去带给我很大的悲伤,她本可以再过三十年,现代人活到八十多岁太普遍了。

人啊!有时坚韧如钢筋,百折不挠,有时却柔弱似纱线,一碰就断。生命没有第二次,趁活着要好好保重身体,有病及时治疗,无病也要加强锻炼。

盈月照竹床

中秋节临近，明月渐趋圆满散发着清辉。亲朋间该送的应节月饼券早已送出，中秋当晚的团圆饭也安排得七七八八了。

我前半生四海漂泊，东南西北的中秋月都赏过，但不管身在何处，中秋当晚最思念着的却永远是故乡，觉得故乡的月才是最美的，故乡的人才是最亲的。我幼时住在外婆家，那是江南水乡常州西门外的一个小镇，长江的一条支流从镇中穿过，流去宜兴，纤夫的号子声，轮船的汽笛声，不时传进每家每户。大河将小镇劈为两半，而一座拱背大石桥又将小镇连接在一起。

外婆家前院外有一条小河，河里长满莲蓬和菱角。中秋夜，孩子们在月下奔跑，玩灯笼，满身是汗，被大人捉住按到河边洗干净，拍上爽身粉，然后与同族各房人围坐在一起，吃月饼、吃梨、吃葡萄、吃桂花芋头，接着才被送进吊着蚊帐的竹床。

竹床是架在室外的，月光洒落，无处不在。篱笆上挂满珍珠苦瓜，西红柿的清香和茉莉花的浓香四处弥漫。孩子们在纱帐里唱歌数星星，学着蛐蛐的叫声。大人们则手持芭蕉扇，坐在院子里赏月说家常。外婆的头发盘在脑后，前额光滑，深邃的眼睛闪着光泽。外婆曾经有过在黑夜"鬼推磨"走不回家的恐怖经历，所以她最喜欢皓月当空。

直至盈月开始西斜，熟睡的孩子们才被抱回房中，继续做那玉蟾香似桂、嫦娥舞袖兮的美梦去了。

幽悠茶香

友人带来黄山"六百里"太平猴魁"幽扬"。太平猴魁于1915年已获巴拿马万国博览会一等金质奖章,据说清朝的雍正皇帝便最喜欢喝太平猴魁。"六百里"应是一个企业的名号,他们的太平猴魁在2007年,曾作为"国礼",精心包装后送予俄罗斯总统。

太平猴魁因产于黄山脚下猴坑一带而得名,茶园多分布在山上,云海缥缈,翠峰叠嶂,这里山高林密,气候湿润,土质肥沃,树香、花香熏染着茶树,独特的生态使得太平猴魁的品质较佳。

太平猴魁外形为两叶抱一芽,又称"两刀一枪",素有"猴魁两头尖,不散不翘不卷边"之称。未泡时的每条茶叶已有手指般长,冲泡后芽叶徐徐展开,朵朵肥壮,名不虚传,此茶茶汁明澈,味道醇厚。家中存有的"猴坑茶业"太平猴魁,有别于今次的"六百里"太平猴魁,这是黄山另一家茶业龙头公司,他们的极品猴魁叶朵略小,但茶味相似。

中国茶史悠久,各种各样的茶类品种竞相争艳,单是十大名茶已是品之不尽。"龙井茶、虎跑水"被称为杭州双绝,多年前赴钱塘江观潮,便曾于夜晚在虎跑山品尝西湖龙井,美好体验至今未忘。信阳毛尖,则是我家较常饮用的一种茶,此茶入杯冲泡,碧绿色嫩芽条条直立,在水中轻轻摆动,非常可爱。

鲜美山坑鱼

只要有心去体验，生活中总是充满着美好的享受，味觉享受便是其中之一。我比较爱看蔡澜的专栏，毕竟他是一位美食家，介绍的往往是最高级美味，甚至闻所未闻之食品。还有一位"业余专家"，他的文章也经常在讲吃，只要听说哪国哪处有好吃的，他会带上妻儿乘飞机去品尝。

"业余专家"有些年迷恋鲍鱼，进了一仓库的干鲍，变换着方法烹调，然后呼朋唤友回家边吃边研究。最近因他的一盘生意失败了，认为这是一个退休的好时机，打算怀着谦卑的心，"弯着腰去寻觅平凡琐碎的生活细节"。以他如此贪吃的个性，此处所说的"生活细节"，当是会更加追求味觉的享受。

我其实也很馋嘴，喜欢四处找美味。在广东从化、肇庆等地多次吃过山坑鱼，这种小鱼乍看不起眼，却异常鲜美。山坑鱼生长在高山溪流处，未受到污染。当地人把山坑鱼风干，吃的时候放姜葱、豆豉去蒸。也有用煎炸、油爆等方法处理的，下酒送饭很有滋味。

有些食品好看但并不好吃。马尔代夫的海水蓝得发绿，坐着一条破船到海中钓鱼，那些五彩斑斓的大鱼，鲜艳夺目的像是工艺品。岛上酒店用游客钓的鱼制成晚餐，当侍应以朱古力般肤色的双手捧上一大碟彩色清蒸鱼时，竟没有多少人敢食用。这个时候，如果面前摆的是一盘山坑鱼及一碗白粥，那情况就大不同了。

庆生享天伦

2012年10月中下旬,家中有两人接连庆生。先是小孙儿一周岁,在酒店食自助餐,小孙儿全程躺在手推车内酣睡,未能参与开心聚会。玻璃窗外是泳池,水光潋滟,环境清雅。食品也很精致,各种海鲜,尤其是大龙虾任吃,鲜甜好味。

餐前,曾在酒店外的香港公园游玩。走过偌大的鱼池,通往儿童乐园的路边有几株一人多高的植物,顶端绽放着娇艳的花朵,在秋日的微风中摇曳。走近欣赏,只见花牌上写的是"洋金凤"。洋金凤的叶片翠绿秀美,花形别致,修长的红色花蕊伸出冠外,宛如凌空的金色凤凰。洋金凤下方另插有"风雨花"的牌子,此植物长得跟韭菜似的。据说风雨花喜欢在风雨交加的时候怒放,花呈粉红色或白色,因而得名。该日初次相识洋金凤与风雨花,真是不枉此行。

"霜降"那天,轮到祖母过生日,全家在别家酒店的"沙田十八"共进晚餐。订位时已预留了一只烤鸭,这里讲究一鸭三吃,侍应在旁引导。首先是鸭皮蘸沙糖,入口松化,齿颊留香;接着食鸭胸肉蘸蒜泥;最后是鸭腿,肥瘦兼备。三部分皮肉都可用面皮加大葱青瓜蘸甜面酱包着吃,整体味道似乎更胜北京全聚德。

这次轮到孙女大睡,她醒后肚子饿了,但我们已埋单,只好带她去酒店的西饼店,让她坐在高脚凳上吃了一个冬甩(甜甜圈)。随后全家大小漫步酒店花园,在星空下嘻哈玩倒影。

诊所酒会

儿子在铜锣湾恒隆中心的诊所办了个酒会，招待各方来宾。

儿子从港大医学院毕业后，已在公立医院工作了八年，其间又考了两个专科。他刚三十出头，有自己的人生规划，加之一位恩师的悉心提携，令他决定放弃铁饭碗，投身私营市场。2012年7月份离开公立医院时，我们感觉他与同事之间情深意厚，对医院依依不舍。

酒会那天，一出电梯，已是一片花的世界，芬芳馥郁，沁人心脾。酒会历时三个小时，儿子的学友师长、曾经的同事战友，一批批到来，有些还带着家眷。他们表达着祝贺之意，也交换着工作中的讯息，这是一次难得的聚会。见到大批充满自信的医生，他们反映出香港年轻有为一代的蓬勃面貌。

诊所主要为肝肠胃专科病患服务，也是一个较大规模的内视镜中心，面积宽阔，内设两个手术室，几位有经验的姑娘（护士）青春秀丽，脚步轻盈，整个配套设施舒适高雅。

医生工作的工时较长，儿子在公立医院时每周至少一次日夜当班，周末节假日需轮休。原以为他出来做，至少可以多睡点觉，家庭生活也正常些，现在看来，也许精神压力和责任更大。

儿子儿媳当初选择了行医之路，本科六年，专科七年，之后仍要不断地进修，光是读书考试已很辛苦。做父母的难免心疼，但仍希望他们能克服万难，兼持医者仁心的职业信仰，永远造福患者。

明天会更老

看着镜中的自己,皮肤松弛,面无光泽,老眼昏花,白发滋生。今天精神欠佳,或许明天会好看一点吧?但理智上明白,明天将更老更难看。

是人就会有衰老的一天,不可能像《魔发奇缘》中的女巫那样,对着一朵神仙花唱首歌,便会年轻几千年,干枯的身体再次丰润起来。

年轻的时候,对老者多少有些歧视。曾经有一位老教师,在京城拥有一座四合院的半数业权。结发妻子过身后,不少女人"喜欢"他,他最后爱上一位六十多岁的女医生。谁知女医生跳跳舞,便移情别恋,与舞伴,另一个老头子好上了。这位很有文化修养的满族老教师见谁跟谁哭,三个女儿被他烦得够呛,旧同事个个不明白,老伴死时也没见他如此伤心啊!

现在我可以理解老人当时的心态了,无非想有个说得来的伴吧!身体机能老化,但人的智慧、才能和对异性的爱慕,并不会以同等速度消退,你看多少"老少配"的日子过得都蛮好呀!

衰老不可逆转,健康快乐最重要。有一年参加旅行团游澳大利亚,团中一对老人,给全团人增添不少娱乐性话题。婆婆天天香气扑鼻,花枝招展地摆出风情万种的造型,公公则充当摄影师,小跟班似地为她拖着两大箱行李。有人猜测婆婆可能是中了六合彩的暴发户,公公则是一个穷光蛋,是婆婆雇来的,但二人同室而居开开心心,不似夫妻又怎样?

四十八年前

　　从家乡来港奔丧的一位长辈，七十多岁了，身体还很硬朗。1964年他结婚时二十五岁，我当时读小学六年级，从北京回当年老家过年。他步行了十多里，专程到外婆家来接我去喝喜酒。当年他的英俊帅气，新娘羞答答的娇美容颜，仍在记忆中没有变色。那日，宾客们在宴席上用饭碗喝米酒，我觉得甜甜的很好喝，不想后来昏晕难受得恐惧不安，偷偷走出后门外坐于屋檐下哭泣。在他家住了两天后离开，一别竟是四十八年没再见面。

　　人生有几个四十八年？与长辈重逢，说不完的往事经历，轻叹逝去的年华。碰巧最近在看《那些回不去的年少时光》，作者笔下的少年情怀，清纯而真实，触动回忆，止不住无声的泪水汩汩而下。

　　十岁离别家乡，在北京的一所小学里插班，人生地不熟，语言不通，学习跟不上，惶惶然不知所措。一位大眼睛的女同学，主动来交朋友，用宁波话讲这讲那，又用普通话告诉老师，我上课哪里听不懂。宁波话虽然不是我的家乡话，但可以明白六七分，她的友情帮我渡过了困难时期。

　　她的父母在铁道部，需流动性工作，与她相处了一年多，小学还没毕业，她便随父母离开北京了。虽然时光过去了近半个世纪，但是如同从未忘记上述那位长辈一样，我一直记着她的好处，心底永远珍藏着她的名字。

刹那芳华

她来自广州，出身军人家庭。初嫁到香港时，一切都充满好奇，虽然丈夫读书少，赚钱不多，但年轻强壮。丈夫与父母、妹妹同住一个残旧的唐楼单位，她的到来，令家里有限的空间更狭窄逼仄。

她身材颀长适中，丰满圆润，面部秀丽，健康大气。未几，有了身孕。因身体不适，在家中总觉气闷，便日日在外边游走，商场内细细看慢慢逛，见熟人拉住说得不肯放手。那个年头，持单程证来港，一年内不可出境，娘家回不去，婆家愈住愈陌生，好生烦恼。

孩子生下后，很长一段时间没有见到她。再见时，孩子已在蹒跚学步，而她，竟突然间不再是美人儿了，青春的神采所剩无几。她语焉不详，大约是与丈夫家人合不来的意思。搬出去住，没有这个能力；长期住娘家又不可能；离婚孩子又太可怜。满腹心事，满脸愁苦……她信了佛，佛教她要懂得放下，弹指瞬间，刹那芳华，人生本就多悲苦少欢乐，不称心事十有八九。贪嗔恨怨皆为苦，有什么事一定要斤斤计较折磨自己？

她愿意相信佛说的话。但是，并非人人都像她这样命运不济啊！回到家，饭桌上的一张张冷脸，吃一口饭咽一口气，孩子吵闹，全家人睡不好，怨她没本事，什么也不做，连个孩子也带不好。

前路茫茫，她最终不知是选择了离婚，还是捱下去，红尘中从此失去了她的音讯。

人之初心理

留心观察婴幼儿的心理成长过程其乐无穷。我家十三个月大的小孙儿,前几日啪啪打了三岁的哥哥两下,他注视着哥哥的反应,妈咪训斥他,他竟咯咯地笑出了声,好像是在表示,哥哥都不痛你为什么要生气?

有一次,哥哥因故大声哭闹,他初时吓了一跳,怔了怔,爬去哥哥身旁,看着哥哥,眼中有一丝惊恐,然后是一丝幸灾乐祸,再接着,有了厌烦的眼神,转过身,平举双臂,好像雷达伸出触角,又好像盲人摸象,摇摇摆摆走了开去。

哥哥姐姐有一日在厅里吵闹得不可开交,又哭又打,爷爷不能静心工作,从房里走出来,怒指着两个小东西发脾气。坐在地板上的小孙儿停止了玩耍,举起一只手,皱起眉头,对着哥哥姐姐发出"哼哼"声,和爷爷的神态还真像,爷爷恐忍不住笑,转身离去。

小孙儿不怕哥哥,会到哥哥手里抢玩具,抢食物,但对于不足五岁的姐姐却充满敬畏,讨好地叫着"家姐家姐",而姐姐对于两个弟弟也是态度有别,比较喜欢小的。小小年纪竟要拉帮结派?

年轻夫妇生的孩子比较健康,而且有愈生愈聪明的趋象。我家儿媳三十岁前生了三个小孩,最小这个好似特别精灵。他不挑食,爱喝水,一夜睡天光,现在隔日去上 playgroup 班,在家时拿本书翻来翻去很有模样,而且较少哭闹,心理承受能力也更强。

语言基因

在儿童朗诵比赛中,我家两个孙儿共获六个奖项。该种大型比赛一年一次,去年(2011年)孙女参赛,拿到三个奖,今年率弟弟登场,弟弟成绩也算不俗。比赛全日进行,数百人参与,各自施展看家本领,赛场所见,学前儿童良好的两文三语能力令人惊叹!

绝大部分参赛者淡定不怯场,部分更是神采飞扬。我家孙儿平时粤英普三语共享,但从未上过朗诵班,每次比赛也没有多少准备时间,所以在表情动作方面略输一筹,长处是发音较清晰准确。孩子们在比赛中观察他人,不仅可开阔眼界,增强自信心,也可培养对语言文化的认知与理解,夺取奖项反是其次。

学语言是年纪愈小愈好,我的儿子三岁多从北京到曼谷上了一个多月的幼稚园后,便可用泰语与家人交谈,然后又学英语,也不见辛苦。他在香港读中学时参与校际中英文演讲比赛,数次夺冠,至高考时,英语试五个部分均获"one"的佳绩。科学界一直认为,语言能力与遗传基因有关,儿子较佳的语言天赋可能遗传给了孙女,她在今年的普通话基准试中,三部分试题中的"聆听"与"说话"两部分,均获"卓越"最高级别。

语言是人类认知能力的一部分,人最多能掌握多少种语言?据书载,美国中央情报局曾有一位特工,他掌握四十多国语言;另有一位曾出任德国驻中国大使的翻译,据说能流利地讲六十种语言。

首饰时尚

女人爱珠宝就像男人爱美女，愈是闪烁璀璨，愈想据为己有。而珠宝首饰中，以钻石最为贵重，钻石在地底经过多少亿年的千锤百炼方形成，是大地之瑰宝，我们所见的白钻虽有等级之分，但价格上都很昂贵。如果是彩钻，像红钻、粉红钻、橙钻、黄钻或蓝钻，那就更是弥足珍贵，因为实在太稀少，万粒白钻中，也许只有一粒彩钻。

留意过彩钻首饰吗？那五颜六色的美丽，犹如万花筒中的奇景。世界顶级的珠宝设计师，用高超的艺术手法，将彩钻加上各色宝石，镶嵌成华贵的首饰，带出惊艳的视觉享受。

女人一生多少都应拥有一点心头好，买不起大件买小件，买不起彩钻买白钻。像近些年时兴的铂金镶红宝、绿宝或蓝宝的古典首饰，也是一种不错的选择。每粒宝石无论大小，都经过精巧的打磨和切割，其耀目光芒可媲美钻石，但价格却廉宜得多。

香港大金行都有自己的会员，每逢会员生辰，金行便寄来贺卡，更在生日月份内提供珠宝优惠价。逢有珠宝展，又会寄来邀请卡。如此机会下，即便不买，仅是细细观赏，已可大致了解首饰时尚。

无价亲情

儿子有时会将一块滴着血水的牛排、一只用意粉酱烹制的虾仁、一勺韩国酸辣泡菜汤,送到我的嘴里,说:"不尝尝怎会知道好吃。"儿媳偶尔会为我买些镶着水晶的发夹等小饰物,最近送了个 Coach 牌子的漂亮钱包,上面有辆金马车。前不久她去德国开会,在伦敦转机的空档,又挑选了一块 Burberry 牌子的手表,长方形表盘,黑白格花纹表带,她所买礼物的款式都很年轻时尚,先生笑我:"你今年十八岁呀!"

孙女每隔一段时间,便会问我:"奶奶,你是不是说过,你没生女儿,后来知道妈妈肚子里有了一个女孩,就是我,你特别开心呀?"我答:"是的!"她就故技重演,捧着我的头,从额头吻到下巴。

孙子时常奶声奶气地说:"奶奶,我好钟意(喜欢)你啊!"我也不停地告诉他:"我也钟意你呀!"他开心地笑着,伸出肥嘟嘟的小手,将我两边的脸颊上下左右地挤压扭动。

生命的过程中总是有得有失,我曾经失去了什么,已不愿计较,因为今日所获亲情,补偿了以往全部的不如意。年年芳草绿,岁岁花争艳,像那些百岁寿星,到他们离去时,也不过在世界上停留了不足四万天,人类的生命终将是要与永恒的自然界失之交臂,唯有亲情,经营好了,可以带来无尽乐趣,久存于亲人心间。

喜欢守着儿孙度过的每一个清晨每一个夜晚。回首过去的一年,满怀感恩,知足快乐。

如花容貌今安在？

沁茹姐来港三天，原以为一定可以见上一面，不想她行程紧凑，居住酒店又离我家甚远，近在咫尺竟未能见面，非常遗憾。

准确地说，沁茹是我的表嫂，她嫁给了家住南京的表哥，他们是南京工学院的同学。沁茹是扬州人，自古扬州出美女，沁茹生得也像大乔、小乔、赵飞燕般温婉可人，而且能歌善舞，当年是工学院校花。20世纪60年代初，两人大学毕业分配到北京，分别在电力部下属两个单位工作。

每逢周末，他们便会来我家，与我们三姐弟打通铺，日玩夜玩。稍稍留意，便可见他们你摸一下我的胳膊，我碰一下你的腿，那是我幼时最早所见近距离的热恋情景。

在北京工作了年余，表哥便被调往西南电力部门，沁茹坚持同往，他们在成都结婚生子。表哥才华出众，很早便是总工程师，据说有女子爱他爱到不顾一切，一些消息传来，大家为他们的婚姻家庭担忧。其间，父亲到成都出差，回来说他们日子过得很好，叫"七姨八姑"别瞎操心。长江三峡开通后，我也曾去成都旅游，竟没带电话地址，总想有机会见面的，不必强求这一次，不料几十年一溜而过，无缘相见。

电话中听声音仍是恬淡软语，不过，毕竟已年逾七十，曾经如花似玉的容貌会有怎样的变化？纤巧娴雅的气质还在吗？沁茹说也很期待见面，看我变了多少。

孩子像谁

侄女生了一个女婴,满月时看不出个所以然,四个月时,面部有一点像她祖母,再仔细些看,还是比较像她的父亲。人的基因全部来自父母,有什么样的双亲,对于制造何等类型的孩子,至关重要。

我经常观察我家孙儿们的外观内在出自何处。老大和老三生下的第一眼印象是像我儿子,老二则较偏重儿媳那一边。渐渐长大些,两个男孩的眼睛圆大明亮,像了他们的母亲,而三个孩子的大脑门,是受我先生家族的遗传。孩子们的记忆力、专注力、运动机能也是各有偏重。

我先生的容貌几乎和他爷爷一个样,那个光亮的招牌脑门,在他们家几代人中,几乎个个如是,男孩还好,像大哥家几位千金,也是这样。我儿子常嘱咐我,孙女的头发不要扎太紧,以防头发脱落,脑门更大。

我是吃姨母的奶长大的,外人以为我们是母女,因为两人的鼻梁上都有一颗痣,位于两眼正中间,高度大小颜色皆相同,奇不奇?但我确实不是她生的,母亲也曾多次表示她不喜欢听到关于我像谁的话题。

我的另一对侄女夫妇从事研究基因的工作,中大生命科学系硕士毕业后,工作前景不看好,双双去美国读了博士,考虑到在美国的研究经费较宽松,决定留在那边工作,有机会一定要与他们讨论基因遗传的趣事。

钟点女佣

又到年终大扫除的时候，窗帘、被褥、墙壁、厨房、厕所，到处都需彻底清洁一次。钟点女佣此时最辛苦，但这也是她们赚钱的大好时机。与我家较熟的玲姐说，以往钟点女佣只做半天，但年终洗邋遢通常是做一天，一早起身就得煮饭炒菜，吃上两碗米饭，再用保温杯带上午饭。

钟点女佣到了雇主家，问清楚全部工作，先做什么后做什么，心中便已有个谱。像玲姐，她首先将我家全部碗碟放入陶瓷洗菜盆，以厨用漂白水浸泡，到她快收工前再清洗，瓷盆与碗碟经过长时间的浸泡，黄色油迹便可清除。

她将厕纸铺在厕桶内壁，在厕纸上洒些漂白水，稍后再洗刷，厕桶内的斑痕便不见踪影了。玲姐会视情况自带一些工具，如掸墙灰用的伸缩棍等。玲姐最拿手的工作是擦玻璃，快而铮亮，擦玻璃的干布也是她自备的。我家以前那位印佣曾请教过她，玲姐回答说她们是经过培训的，如果你想学，可叫主人安排时间，我来带一带你。

擦玻璃那块干布大有讲究，玲姐说酒楼的餐巾最好，但我们不太理解，因为看她拿的布好像不是餐巾，而且即便是餐巾，要去哪里买？

为地板吸尘是清洁工作的最后环节，吸完尘，玲姐拎一桶水，将全屋家具擦一遍，那块抹布不用手搓，只在水桶中上下拖几下便拧干再用，手势有讲究。当清洁工作完毕，从雇主手中接过现金，玲姐笑容灿烂。

欢乐大礼堂

少年时期在北京过春节，留下了欢乐的记忆。

父母的工作单位某部委有一个大礼堂，年三十晚，家属院里的人们吃过年夜饭，便纷纷走进这数步之遥的礼堂，那里有舞会及孩子们嘴里的"大观园"。每个孩子入场可领取大大一包花生瓜子糖果，那种开心好像今天中了一百万六合彩。

部机关聚集了许多人才，他们都是历年高校的尖子生，年纪较轻的男俊女俏，看他们怎样打扮怎样跳舞，已是非常精彩。他们喜欢闹腾，变个戏法，或教个绕口令什么的，把孩子们耍得团团转。

大礼堂从年初一上午开始放电影，一天几场，有时下午会有杂技团表演，晚上则多数是看戏剧。入场券是年前就分发了的，即便大人不喜欢看的节目，孩子们都争取要看，所以天天都很忙，忙到大人上班了，白天不演电影了，晚上那场戏还是要看。直到正月十五晚，在大礼堂里读遍挂满头顶的灯谜彩纸条，这个年才算完结。

那些年都看了哪些戏？叶广芩笔下的《大登殿》《盗御马》《三岔口》什么的完全没印象。记得较清楚的是京戏《贵妃醉酒》，男人扮演的杨玉环衣饰悦目，醉后舞步轻柔舒展，太美！来演出的剧团各部委轮着演，好角又一定要出场，他们的春节是在辛苦中度过。

乱了荷尔蒙

韶华飞逝红颜易老。五十岁后的那几年,经常心烦气躁,面色潮红、盗汗、失眠,看了几次专科医生,也没有什么药可吃,这是生理现象,脑垂体分泌的荷尔蒙乱了套,这一改变令血管扩张,脸、颈部直至全身涨得通红,愈想遮掩窘态就愈是不舒服和紧张,不时大汗淋漓。

那时常与身边人聊更年期的问题,发现体力劳动者的征状要轻得多,据说大多数农村妇女甚至没什么感觉,城市里从事脑力工作的女人们或许思虑伤身,征状便明显得多。

那段困难时期终于过去,回头品味,方知人在其中时,别人说什么,书上写什么根本是无用的,就好像喝了毒药,痛苦不堪,唯有等待时间过去,身体慢慢复原,精神才会清醒。当冲出心智的迷惘,发现天空大地仍是宽阔美丽的,用"柳暗花明又一村"来形容最是贴切。

有些女人因更年期诱发了焦躁、忧郁等情绪病和精神病,自己不懂求医,家人又不体谅,以为是无理取闹,做丈夫的甚至厌烦太太,弃爱情亲情而不顾,只是出去寻欢作乐,令妻子痛心疾首加重病情,家庭亦发生悲剧。

人情冷暖自有感受。社会上歧视的眼光不仅是对着残疾人、智障者,更年期妇女也时常会遭遇难堪,被半大的孩子嘲笑可以原谅,因为他们不知天高地厚,但那些年轻女子对"老女人"嗤之以鼻,刁难中伤,实是五十步笑百步,幼稚之极。

陌生的祖母

新春期间又听到徐玉兰、王文娟唱的《红楼梦》片段，一生喜爱越剧的已故祖母的样貌再现脑际。

小时候，每逢寒暑假，我都会从乡下小镇到城里祖母家住一段时间。祖母有两个儿子：我的伯父，解放前会赚钱，解放后由老婆为他维持着家庭；祖母另一个儿子是我父亲，带着妻子远在北京工作。祖母住在伯父家，她不事生产，也不做家务，每天只是交际应酬，打麻将、抓纸牌、看戏。

她常带我去看越剧，一次，她身上的脂粉香气熏得我晕乎乎，台上清丽委婉的曲调又动听，瞌睡虫爬入脑，我甜甜地进入了梦乡。突然，屁股底下的坐板翘了起来，我被卡在缝隙里几乎掉到地上去。事后，祖母对人说："华大（我的昵称）生得是蛮花哨的，就是太瘦了点！"

祖母那个年纪的人应该都是裹了小脚的，好像我外婆，每只脚除大脚趾外，另四个脚趾都像萝卜干一样贴在脚底板。但祖母却是天足，从未裹脚，偏偏一双大脚还爱穿绣花鞋。她有时会来小镇探望我们，她脸上涂脂抹粉，斜襟袄的腋下扣钮上别着白色纱绢，脚穿白绸缎绣花鞋，次次从她步下轮船开始，镇上人便留意我家这位贵客，令外婆和姨母"难堪"上好几天。

祖母对我来说非常陌生，希望有机会了解她谜一样的人生。

菲佣生日

孙女神秘地用双手围住我的耳朵，对我说了句悄悄话："aunt 明天生日，刚才洗澡的时候她告诉我的。"孙女又问："我们送礼物给她好吗？"我小声回答她："没问题！"

第二天，我拿出一盒朱古力交给孙女与孙子，他俩走到菲佣面前，对她说："aunt 生日快乐，给你唱歌好不好？"菲佣看着我们，显然非常高兴，大家拍着手，用中英文唱了两次生日歌。

每到 7 月 27 日，全家会切蛋糕为之前的印佣姐姐庆生。连续四年，印佣都是抱着我家的孩子吹蜡烛照相。不知是不是她与菲佣共事时讲过这件事，才引发近日这一幕？

这个菲佣到我家已一年有余，平时的工作主要是帮我们带第三个孙儿，除了夜晚不需她带着睡，白天的吃喝拉撒及带去上 playgroup 都由她负责。小孙儿现在十六个月大，语言上还不能与她交流，所以菲佣似乎更喜欢照顾五岁的孙女，贴住她说说笑笑。菲佣的独女仅比我孙女大一岁，可能太思念了，对着眼前这个女孩子不自觉地流露丝丝的母爱。

海外女佣离开自己骨肉来港照顾别人的子女，内心深藏痛苦，她们往往会有替代感，环顾四周的情形，见许多女佣都很疼惜小主人。我家菲佣初次来港，性情平和但动作略慢，工作上仍有许多地方须改善，不过，如果能一直保持对孩子的耐心照顾，明年的 2 月 21 日将为她切蛋糕庆生以作鼓励。

地震的恐惧

1966年3月8日凌晨,全家被一阵强烈的震动惊醒,父亲出差离京,母亲慌乱中呼唤我们下楼,在如此恐怖情形中,我居然抓了一串钥匙在手里。逃出楼门,大人们喊:"地震啊!"孩子们喊:"好冷啊!"偷眼望去,有人披着被子,有人光着大腿,许多人都在颤抖。

这是我平生经历的首次地震,震央是河北邢台地区,之后余震不断,当时华北正值大旱,地震后却漫天飘雪。

我在北京所经历的第二次地震,是1976年7月28日的唐山地震,震感比上次更强烈。大家从半夜熬到天亮,方敢回家拿些遮身衣物。倾盆大雨中,家人仍上班去了,我推着单车,车上挂满全家大包小包的"细软",到处游荡避雨,一天没食物下肚,也不敢上楼。

我们大院的房子都是20世纪50年代苏联专家设计建造的三层楼房,算是比较坚固,邢台地震未造成破坏,但唐山地震后许多墙壁出现裂痕,父母所在单位后来以钢筋通条贯穿房间作加固。

我一位同学的父亲是邢台县委书记,她说他们那一带的百姓经过邢台地震后,都是用实木做家具,她家在唐山地震中倒了一面墙,但家人都躲入衣柜及餐桌下,避过一劫。

汶川地震及今次的雅安地震,虽未亲身感受,但同样给人带来心理的恐惧感。人与人之间可以提防,但永无能力阻止大地的"震怒"。

豆腐鱼祖母

儿子的祖母1930年出生于曼谷一个华人家族，该家族从事蚕丝和布料贸易，并开有银信局，帮华人汇钱返乡。她母亲是正室，与丈夫同为"许明发"商号继承人。

许氏家族富有，也很庞大。祖母幼时因面貌漂亮，皮肤白嫩，被人叫作"豆腐鱼"，深受家人喜爱。祖母17岁下嫁祖父，先是生了三个儿子，然后是三个女儿，在清贫的夫家，祖母扶老携幼吃苦耐劳，过着踏实的平民生活。娘家聚会，她的穷与众不同，但她的孩子学业优秀，令家族富亲刮目相看。

祖母本身泰文华文都不错，可以应对儿媳、女婿们的不同语言。她写来的信有时伤春悲秋忧怨满怀，有时幽默搞笑不循常理，充满文学气味。据说她读华文中学时，写的作文经常贴堂。孩子们的"拖累"，埋没了她的文学才华。

2007年，祖母得知孙媳怀孕很是高兴，表示要来港探望，但直到首个曾孙女出生，老人家都没有来。2009年，得知将有男性曾孙，她计算好时间赶来，来港第二天，孩子便呱呱落地。

祖母的子女孙辈都学有所成，分别是博士、教授、医生、药剂师、会计师等，这是她一生最大成就。近日，祖母以八十三岁高龄辞世，后辈感激她为家庭的付出，盛赞她高尚的品性。

纪念册封面照，是祖母在医院里怀抱曾孙时笑脸如花的大特写。她见证了几代人的香火传承，将含笑九泉。

孩子没食欲

作家阿浓曾在专栏中讲到孩子的吃饭问题,说三岁孙女食欲欠佳,食物含在嘴里就是不吞,许久吃不下一匙饭。我目前带着三个孙儿女,很有共鸣。

六年前孙女出世时,因太久没带孩子,须一切参照书本从头学起。我详细记录孙女的日常生活,精确到几时几分。孙女从吃奶——吃辅食——正常饮食,这中间可谓费尽心机,她食欲不强,不肯喝水,常常便秘,经常令人紧张不安。

随着第二、第三个孙儿出世,我渐渐不再那么紧张,对于最难搞的"吃喝拉"问题,也摸索出一些方法。现代孩子零食太多是没食欲的关键。我家有专门的食品柜,里面零食五花八门,家长明知零食益处不大,却仍是在买,所以孩子食欲出问题,大人有一定责任。

阿浓说得没错,饥饿是治疗厌食的良药,孩子不想吃不必逼他们。有言在先,正常餐饮结束后才可吃零食,否则,饿着去吧!我有时将蒸熟的粟米一分为二,用筷子插着,让他们抓住筷子坐在那里慢慢啃,啃完半条再插半条;或者,拍两条带花的嫩青瓜,糖醋蒜麻油拌一拌,三人围着小桌分着吃,然后再吃个馒头,这一餐营养也差不多了。

我家孩子爱吃饺子,问他们想吃多少个?煮出来按自己报的数字去吃,吃不完下次不准报这么多。最小那个孩子我们管得最少,却是最好带的,什么也吃,最爱青菜。

悠然见南山

打开我们所住屋苑的后门便是锦田河,穿过河上小桥与一片村屋,畦畦菜地便呈现眼前。这里是七星岗山丘下有名的有机菜基地,大批蔬菜被送往港九新界各大餐厅和批发点。

与我家相熟的是一对吴姓夫妇,客家人。他们的菜园面积少说也有几十亩,与周围菜地相比,他们的最是整齐壮观。菜地边有一所独立屋,是他们的居所,客人可进入院内走动,一面院墙上贴满证书、奖状,香港每年的有机菜评选,他们常拿冠、亚军。

菜地本身有两个蓄水池,七十多岁的吴伯,健步走下水池石阶,两只水桶不下肩,俯身左晃一下右晃一下,水桶就满了,见他担水浇菜比我们空手走动还轻松。他的女儿嫁在石岗吴家村,临近西铁站,每天踩单车过来"上班",也不过十分钟路程。

有机菜因为用花生麸等肥料,所以价钱略贵,每斤在二十港元以上,吴太非常精明,生意上的来往由她说了算。她穿着雨靴,腰板笔直,声音洪亮。我总想,自己若活到七十几岁时还有她的身体,真要烧高香。

一次买芋头,吴太说与菜心同价,买一棵挖出多少算多少。看着她挖,大的只有一个,小的有七八个,共重十几斤。后在街市发现,芋头价格并不高,当然,芋头质量还是不同的。

陶渊明"采菊东篱下,悠然见南山"诗句的意境,对照忙碌在碧绿菜园内的吴氏夫妇,最是贴切不过。

藤条教孙

　　斜对门一位祖母对孙子的教育很严格,她介绍经验说,孩子不乖时,用藤条打屁股,要打就要打到他喊痛为止。不知是否"藤条"的原故,她的孙子行为规矩,待人有礼。她另一个孙子由外家照顾,周末才回来,相比之下,吃饭不好好吃,身体也不健壮,这个祖母说是教育方法不同导致。
　　我家没买过藤条,有时忍无可忍我便怒吼一声:"谁不乖?打屁股了啊!"三个小朋友立即会有几秒的静寂,大眼瞪小眼地观察奶奶要打谁的屁股?然后便有一段时间的安宁。
　　对孩子们的行为奖罚分明,"奖"比较容易做,像孙女学期末拿回成绩册,父母看到她的中英数都是 A,又有几张奖状,就会买礼物给她,孩子大受鼓舞,学习起来更加起劲。但"罚"的做法不容易选择,真来个"藤条炆猪肉"吗?父母接受现代教育,显然知道打未必能解决根本问题。
　　老二前两天因为看到姐姐的白裙外有一件外罩,认为那是风衣,便闹着立刻要去买一件"薄薄的"风衣,边哭边唠叨个没完,后来看没人理他,就闭上眼睛靠着椅子睡着了。其实他是困了,找点理由胡闹。
　　对不听话、胡乱哭闹的孩子,只能是让他去另一间房静思或哭个够,等他们发泄够了,心情自然会平复下来,才能听得进大人的说教。
　　孩子的教育是伤脑筋的工作,打与不打都为求个好效果。

旅途驿站

　　人在旅途，都希望遇到舒适酒店，体验与家不同的感觉，所以，景点或会忘记，但特别的酒店却长留记忆。

　　近期入住广州四季酒店。酒店位于珠江新城国际金融中心的七十至一百层，这三十层的中空设计犹如巨型天井。从我们所住的九十几层房间望出去，只有珠江对岸的"小蛮腰"（广州电视塔）还可一比高低。

　　在高空看下雨，原来雨丝是斜的，接近地面才会慢慢垂直；夜晚看远处灯火，颤抖般地闪烁，比我们在香港太平山所观夜景更壮观。偌大房间，六尺床仅占了一小部分地方，一门之隔的浴室与房间差不多大，有圆形浴缸、沙发、两个梳洗盆及厕间、淋浴间等。

　　首晚久久未能入睡，盯着房顶两盏灭火器间歇闪亮，脑海中不断想起首次打开电视时的画面：一对老夫妇示范火警逃生，他们以湿毛巾掩住口鼻，慢慢打开房门，匍伏前行；入住前竟未留意逃生通道，这万一发生火警……那床也是太软，翻身挺费劲。

　　第二天，问服务员是否每层都有人当值？得到肯定答复，又观察了逃生通道，加之去城外折腾了一天，泡个舒服澡后，终于睡到舒心觉。

　　四季酒店内的设计不知是否为了配合地面的花城广场，以花草图案居多，床头整幅墙贴白布，布上泼墨似的素色梅枝与花蕾。踏出电梯的一刻，地毯上大片水渍，细看原来是花卉。

家姐没有来

我家老二（现年五岁的孙子）刚过两岁生日便去考幼稚园，首次面试不肯开口，表现欠佳未获录取。因姐姐正在该校就读，幼稚园来函通知家长，给予老二第二次面试机会。他父母将一些基本问答教了又教，嘱咐他一定要回答老师问题，老师要你做什么就专心去做，问他："听见没有？"他大声回答："听见了！"

他精神饱满地去了，走到老师面前，老师说唱个歌给我们听好吗？他不置可否，老师们私下说起他的家姐，他听见了，大声说："Claire今日没来喔！"老师们都笑了，说请你吃块糖吧！他立即开心得很，大眼睛盯住桌面上的糖，问："可以拿多一块给家姐吗？"老师答可以。此次面试顺利过关。

老大（现年六岁半的孙女）为了报考小学，从前一年十月开始读面试班，已读了整整一年。目前进入实战，看这面试班是否真的有效？

面试班的课程很不简单，数学是二十以内加减法，中英文有填空练习，在看懂一个句子的前提下，将恰当的字填入空格；或者在三个句子中找出正确那句，将其涂色；看图讲故事则是训练学生的思维和表达能力。面试班不管课内课外，都要做大量练习题，以应付真正面试时，各校推出的中英数常识等几张试卷。

孙女在一次模拟面试中，讲不出任何一个地铁站名，我们立即带她去坐地铁，补上一课。

公主那只鞋

老二最爱兵器玩具，我们曾在澳门给他买过一套"警用枪械"，参观广州黄埔军校时，也买过几支仿真手枪。他近期迷上战机，睡前故事亦变成宣讲兵器百科，单是战机已讲了多晚，对我来说，这比以前上班时做军演军备新闻学到的知识还多，尤其了解到苏制武器种类极多。

老二天天琢磨战机，以前爱玩的车都由老三接收了。老三长时间趴在地上玩车，家里光是托马斯车系就收集了好几年，铁制的过百辆，木制的也不少；闪电王麦坤系列的数量也很多，为了这些五花八门的车，又配备了不下二十套路轨和车库，占用了许多家居面积。

老三的衣衫鞋袜，大都与车有关，他不到两岁，还不会谈理想，说不出将来是打算去开火车呀还是开汽车。老二倒是明白表示，长大要做个警察捉坏蛋。以老二今日对兵器的爱好，将来真的去纪律部队也不是没可能。

老大的兴趣不同于两个弟弟，她只喜欢公仔，她拥有众多的公主、仙子、芭比等，不说她们的衣衫头饰何等华丽可爱，光是足上那对精致的小鞋就够难侍候了，某位公主如果不见了一只鞋，那么小的玩意儿，全家人帮忙找，也不是轻易找得到的。

孩子们的兴趣似是与生俱来，幸好性别与兴趣还搭配。如果女孩鼓捣兵器车辆，男孩整日摆弄公仔，那还麻烦了。

猫这东西

养了九年的乌龟突然死去了，它身体无明显外伤，死得很是蹊跷。

几日前，晚餐后在毕架山上的小公园散步，见一只小花猫爬在矮墙上，伸出前爪试图触碰一条壁虎，那壁虎加上尾巴也不过一手掌长，是条幼嫩的小家伙，也许是在找蚊子吧，完全没留意到头顶上方的花猫。

我与怀中的孙儿看着这情景，以为猫在与壁虎玩呢！突然，花猫无声息地跳了下来，拦腰咬住壁虎，壁虎没有挣扎，好像一条直直的细棍横在猫的口中。花猫左右看了两眼，以优雅的猫步慢慢向树丛中走去了。猫这东西，不是吃鱼的吗？好不阴险啊！突然想到，我家乌龟不会是猫咬死的吧？

我家对面花圃有几只野猫，有一年春节期间，我拿了一条大黄鱼放在后花园石阶上晒太阳解冻，过了一阵，那鱼竟不见了，我怎样也不相信猫有如此大的力量，可以叼走冻得跟冰块似的大鱼，但不信也得信，除了猫还会是谁呢？

我曾多次见过那几只野猫，有一只很肥大，圆眼透着凶光，说不定就是它，饿极了，跳到龟盆旁咬住了龟头，可怜的乌龟在利齿下百般挣扎，虽是保住了龟头，却终是丧失了性命。

记得我外祖母特别喜欢猫，抚着膝上的猫儿诉说心事。那猫常在木家具上磨爪子，将床腿凳脚咬得体无完肤，家人敢怒不敢言。宠坏的家猫，无王管的野猫，看来都是一丘之貉。

人生是苦

写下这个标题，便有流泪的冲动。不知为何，秋季较易产生思虑，回忆前尘往事，有时深夜会在梦中惊醒。

曾有一位好友，她诚心佛学，也赞我是有慧根之人，经常讲佛偈引领我，我曾打算退休后跟随她信佛。但真到退了休，仍是诸事繁忙，更无时间和耐心，竟与她少了来往。自我审视，性格基本上开朗乐观，暂时不需要依靠宗教自我解脱，所以否定了信佛打算，也一直未对朋友直言。

想到"人生是苦"这一佛理，缘于最近与母亲的通话。她在电话中抱怨浑身疼痛，又说中秋无人陪她吃饭。我很奇怪，因为弟弟夫妇返京陪她过中秋，并带她去一家餐厅晚膳，还传了照片给我，我问她仅是半个月前的事，怎会不记得了呢？她竟说弟弟他们一直在香港并没回来过，又怎会有一起过中秋吃饭之说呢？

我叫保姆听电话，她说："你妈没记性，刚放下碗筷就问我吃饭了吗？吃的什么？她这样也不是一天两天了，你甭着急。"我问做医生的儿子，外婆太不正常了吧？他说这是老年痴呆症的表现，也叫我不必紧张。

人生纵有许多磨难，今天，最令我恐惧的莫过于晚年的种种不如意，即使是伟人的晚年也都难免充斥着痴呆、病痛、孤独,何况我们这些凡夫俗子？我考虑是否劝母亲信佛,学习放下，离苦得乐。

衣柜留白

以前的报刊编辑都要学习画版样，横线十八条（不论大小版纸），竖线已不记得多少条了，编辑就在这正方形小格间画样，然后交版房排版。功夫不到家的编辑常给版房出难题，因为他们的版样画得不准不合理，很难排出正常版面来。

当编辑自行操作电脑的排版系统后，便摒弃了版样。资深编辑早已将"十八条"入脑，头条主图一经选定，全版辟几栏？怎样不断版不撞题？在电脑上按心中的设计样本大致划位，编版过程中再不断调整，轻而易举就排出靓版了。

做编辑好像做厨师，根据材料设计菜谱，也好像礼服设计师，面对各式美女，要懂得帮她们扬长避短，有天分者的产品往往透出灵气，饱含激情的创意。

我见识过几位编辑高手，他们善于学习别人的闪光点，融入自己的血液，将版面设计得千变万化赏心悦目。具有这种天赋能力，属形象思维者，有一番文史艺术的功底，不做传媒，去做装潢设计或广告设计，也会是好手。

我曾将传媒工作的经验融入生活，当我告诉旧同事，我将花园"大辟栏"，七分面积是草地，三分面积种花种菜，中间一条砖路当栏线，她们问："要不要送条 Banner（版头）来？"

我将衣柜每层分为六等份，六分之一位留空，与报刊近年流行的"留白"异曲同工，发现好处很多，不光那五叠衣物可任意移动，留空处也可灵活使用。

玉镯碎

小孙子前几日被蚊子咬得惨，全身红肿了十几处。有天早上，大孙子突然喊："蚊子！"我正憎抓不到该死的东西，立即抽张纸巾朝餐台上的蚊子狠命打去（看到的却是一只苍蝇），只听"叭"一声，右手腕上的独玉手镯碎成三截，当时这心痛。

拿着三截断玉丢进垃圾桶，想想不对，又捡出来，不小心掉了一截在地上，又碎多一截。在地上左拼右摆，合成圆环，最后将四截碎玉收进抽屉，先放放再说吧！

这手镯是一份珍藏了二三十年的礼物，一直不舍得戴，前不久心血来潮，拿这独玉镯对着灯光研究，原是黑糊糊的颜色，在灯光下却是墨绿色，一丝丝黑纹间的浅橙色很通透，手感极是细腻。经不住美色诱惑，终将玉镯套上手臂，没料到不出一个月，就此拉倒。

不知其他戴镯的女人是怎样的，可能我比较粗心，戴上不太得劲，写字、打电脑总觉玉镯带来不方便，干家务那玉镯滑上滑下又提心吊胆。其实碰坏玉镯已是有前科的，我曾在昆明的国营玉器店买了一只椭圆形缅玉手镯，玉料很厚实，我戴在左手腕几年，小心侍候着，直到有一次被吸尘器的钢管碰出一道裂纹，懊恼中摘下收藏起来。

一位相熟的老太太有只翡翠手镯，她说五十多年前结婚时戴上的，曾断为两截，她以K金镶接，至今看来仍美观。我那独玉手镯不知有无再生机会。

难忘师恩

有一天，孙儿放学后坐进车里，但叫我别开车，因为他要等Miss罗下班后从车边走过时，与她说声"拜拜"！我们等啊等，那条街只剩下我们这辆车了，Miss罗也没出现，我告诉孙儿，Miss罗可能从另一条路回家了，孙儿竟大哭起来。

四岁幼儿已懂得眷念老师，真是令人感动！师生之间的情谊，就像歌中唱得那样："有一位摇橹的人，以无比的心情和爱，满载莘莘的子弟，航向学海的彼岸……忆起浩浩的师恩，愿以己身来回馈。"我曾在穷乡僻壤见到一些胜似父母的好教师，他们视好学生为宝贵财富，倾尽所能去栽培，他们像一盏明灯，指引着孩子们攀登殿堂之路。

童年时的老师，留给孩子们的记忆常常是笑容和呵护，我还记得一位小学教师，曾多次牵着我的小手，沿着穿镇而过的运河岸边，走村串户去收学费，我走得累了，她就会找个地方坐下来，搂着我休息一会儿。

中学老师的爱较为含蓄，一位教数学的班主任，每当我们在课室吃午餐时，她都会抽时间为我们弹奏月琴，她曾问："听着琴声，饭是不是更香啊？"

遇良师是人生之大幸，人们取得的成就中，蕴含着良师的辛勤汗水，所以，每逢教师节，香港的学生们都会写卡以表敬意。

享受羊肉

我家位于锦田的住宅,邻居男户主是个厨艺高手,扑鼻香气常从他家厨窗外溢。有一天,他们夫妇邀请我们到他家吃羊腩煲,说是在街市买到新鲜羊肉,但我们因为赶着返回市区,错过了一次解馋的好机会。

上周终于在酒楼吃了今冬第一次羊腩煲,当夜睡了个深层次酣觉,第二天身心舒畅。说起吃羊肉,我比较有兴趣,有一年去新疆旅游,花六百元买了只全羊烤着吃,羊肉鲜嫩容易消化,当饭似的大嚼狂吞也问题不大。从新疆吃到甘肃再至陕西,十几天内不知吃进多少羊肉,味蕾非常满足。

羡慕北方人一年到头吃新鲜羊肉,到冬季更是吃不停。陕西人将羊肉及内脏煮成一锅香喷喷的汤,淋在馍饼上,浇些辣椒油,这叫"羊肉泡馍",一大碗入肚,全身冒热气。山西人热衷于包"羊肉疙瘩",做法是将剁碎的羊肉、萝卜、青菜搅拌,面皮非常软,一块皮一团馅,以两手的拇指及食指对住用力一捏,就成了一个圆疙瘩,过年时节现包现吃,是极方便的食品。

城市人爱吃涮羊肉,天津人吃法较斯文,一碟碟地涮,北京人吃法则较粗犷,以"斤"为单位叫,大卷冻羊肉斜置于切肉机上,手掌般大的羊肉片不一会儿就切出一大摞,大批下涮锅,吃时蘸着咸韭菜花、芝麻酱调味。北方人吃羊肉不怕上火,很少像广东人以荸荠等制衡羊肉的热气。

闲情趣评

千禧三部曲

年内所读最为精彩的书，是瑞典作家史迪格·拉森所著的《龙纹身的女孩》《玩火的女孩》《直捣蜂窝的女孩》三部巨著。拉森从2001年开始撰写"千禧"系列小说，2004年完成三部曲后，竟不幸于11月因心脏病突发辞世，这个天才的作家未能看见《龙纹身的女孩》在2005年出版，以及此系列小说售出三十四国版权、攻占全球畅销书榜长达六年的盛况。

《龙纹身的女孩》在2006年夺得北欧犯罪小说协会最佳犯罪小说"玻璃钥匙"奖，2008年《直捣蜂窝的女孩》再度夺下"玻璃钥匙"奖。拉森打破纪录，成为瑞典有史以来第一位两度获颁该奖项的作家。"千禧三部曲"已拍成电影及电视剧，读者上网便可了解到"千禧三部曲"的内容梗概及影视片段。

书中描写到瑞典国安局竟存在一个秘密小组，连总统也不知它的存在。这个小组凌驾于国家宪法之上，有特别的运作经费，他们任意妄为，如同一个恐怖组织。

拉森在书中透过一位拒绝当受害者的勇敢女孩莎兰德，向有着政府背景的黑暗势力宣战。小说中的男主角布隆维斯特积极捍卫社会正义、不求个人名利，不断揭露瑞典社会的阴暗面、瑞典政府的种种弊端，几乎就是拉森本人的化身。拉森就是因长期致力于揭发瑞典极右派组织的不法行动，多年来一直受到死亡的恐吓。

书中女主角莎兰德是一位超级电脑高手，她与她的黑客同伴可任意侵入他人电脑，获取所需资料。莎兰德不是美女，亦缺乏女性的温柔，但她以视死如归的独特魅力，常人难以理喻的智慧征服了读者，无可否认，莎兰德是一个成功的人物。

拉森具有多领域的专业知识，令人敬佩。拉森本身的职业是记者，所以他将书中的男主角塑造为新闻记者，如若读者亦是从事传媒业的，读起来一定会有亲切感。书中所描写的编辑会、资料文稿的处理、图片的剪裁，甚至电脑操作的程序，都与香港杂志报纸极相似。千禧三部曲的译者颜湘如文笔流畅，掩卷之际，亦感叹她精彩的文字能力。

别相信任何人

"当你发现身边最信任的人,为你虚构了另一个版本的人生……"这是英国作家S.J.华森《别相信任何人》的书引。此书通过讲述失忆症,以字里行间的悬疑氛围及远近堆叠的奇特架构,铺排了一部惊悚小说,读至卷尾,方明白书中的因果关系。

《别相信任何人》已售出三十七国版权,正在筹拍电影。故事的女主角是失忆女子克莉丝汀,每日早晨醒来,她总是见到一个陌生男子睡在身旁,他自称是她结婚二十多年的丈夫班恩。克莉丝汀为何会对自己的过去一无所知呢?班恩解释是她二十年前遭遇了严重车祸,大脑因此受损,而可以记录他们夫妻生活的家居杂物,包括照片等,都因一场大火烧掉了。

克莉丝汀后来在一位陌生医师的帮助下,瞒着丈夫偷偷写日记,将当天所见所闻所思所想在睡觉前记录下来,然后藏好。到了第二天,医师会悄悄致电她,到什么地方取出日记本,看看头一天写了些什么?用这种方法,克莉丝汀渐渐有了一点连贯的记忆,并经过科技方法及场景实物的刺激,大脑断断续续出现电闪雷击般的零星回忆。

克莉丝汀原是一个才德兼备的女子,已出版了一部小说,正在撰写第二部。丈夫班恩很爱她,在她生下儿子不久,克莉丝汀却因另一位男子麦可的刻意追求发生了婚外情,二人在炽热的爱火中燃烧,时常在外地的一个旅馆约会。克莉丝汀后因丈夫的发现打算离开麦可时,麦可兽性大发,在旅馆中强暴她,甚至将她的头按入浴缸的水中，致使克莉丝汀几乎丧生。克莉丝汀失忆后，丈夫为了儿子的身心健康，与她离了婚，并搬离了他们所住的城市，但麦可却冒充班恩之名，将克莉丝汀从"安养中心"接出来，以夫妻之名开始了新生活。

克莉丝汀发现这个"班恩"其实是麦可后，日日生活在恐惧之中，对"班恩"不再信任，处处提防；但谁可以信任？医师？他似乎是因为研究她的离奇个案有助他的论文而帮助她？最亲近的女友？在她生死未卜之际竟与她的丈夫发生关系！这个背叛者的话真实可信吗？丈夫班恩、儿子亚当，他们究竟在哪里？

麦可终于发现了克莉丝汀的日记，知道自己的真实身份已暴露，二人又一次发生冲突，麦可在销毁克莉丝汀的日记时引发火灾身亡，克莉丝汀终于回到真正的丈夫身边。但是，从医学角度来看，她的记忆很难完全恢复，第二天醒来，她可能又不知道自己身在何处？身边的男人是谁？

此书有不少矛盾之处，譬如，克莉丝汀睡一觉便什么也不记得，但她的生活技能并不差，洗衣做饭等也会做。语言，尤其是文字，一点儿也没忘，写的日记文法通畅。同时，克莉丝汀对丈夫是抱以信任态度的，最后也相信了女友与医师，并非如书名所示"别相信任何人"。不过，本书揭示了一个事实，即人与人之间确实存在一个"信谁不信谁"的问题，此刻不可信的人或许才是值得信任的，而此刻信任的人却可能是最不值得信的。

人是有个性、有情绪、有思维的动物，会触景生情，见财起意，见异思迁……曾经的一个相识者，他在贫困时娶了一个妻子，妻子不美又肥胖，生了两个孩子后，更是"泰山"一座。他后来开了公司，做了老板，爱上了另一个女子。白天，他们厮守在一起，工作、吃饭、应酬。晚上，则回家去陪伴老婆孩子。朋友们曾问他到底爱谁："那还用说吗？""不爱何不离婚算了？""当然不能！我在街边摆摊时，一个工厂妹不嫌弃看上我，我今日小小发达就不要她，怎对得起天地良心？"如此八年过去了，女友青春将逝，他爱之深疼之切，迅速为她物色了一个老实人，把她嫁了，并拿出一笔资金，为他们搞了盘小生意。朋友圈子里无人不赞他有情有义，有始有终。他太太则更是信任他，认为自己这样"见不得人"，他一表人才，却仍依恋着家庭，上天对我太好了！其实，她的丈夫很快有了另一个小情人。

香港知名食府镛记酒家，大哥甘健成和二弟甘琨礼因清盘案闹上法庭，甘健成在法庭上慨叹："最大遗憾是我曾经最信任的人，竟变得最不可信。"可见，人类世界确实存在这个问题，信谁不信谁，往往关乎自己的主观意识，彼时，你信他，他便是一个有诚信的人，尽管他曾离弃你伤害你；此时，你不再信他，以往那些事实便成为不值得信任的理据。人啊！就是如此变化多端，又矛盾重重。

回到《别相信任何人》，麦可虽然令克莉丝汀成了一个废人，但他爱她爱到发疯，不厌其烦地照顾了她那么多年，愿意与她同生共死，如果克莉丝汀不是恢复了一点记忆，她一定还是信任着他，过着安宁的日子，直至终老。这更是一个矛盾之中的矛盾。

民间寻宝

中央电视台的"寻宝"节目是我最近才发现的,此节目属于艺术品收藏活动的现场实录,艺术品涵盖书画、陶瓷、玉器、青铜器等,专家当场为收藏者免费鉴定。但见上节目者有人哭有人笑,一件件真假"宝贝",一个个离奇故事,展示中华民族深厚文化底蕴的同时,也可看到在经济蓬勃发展的今天,人们对金钱观念的改变。

一位大叔自称手中宝贝价值逾三亿元,有意拿一亿元出来做善事,鉴定结果却是个仿造品,不值几个钱,美梦告吹。有人以百万元买得名画,竟是低劣假画,有的以几十万元买的,更是印刷画。收藏投资陷阱处处,有人卖房子买"珍品",得到的是一堆废物,失去的不仅是金钱,还有亲情。

节目所见好运者也不少,一位年轻人多年前在广东一个拍卖会上,以二十万元投得一幅名书画家的作品,经专家估值,目前已达千万元;某男士家中一个用来喂猫的碗,偶见碗里有光泽有水气,经考究,原来是古代珍宝"曜变天目",目前仅在日本发现一个;某人在地摊"拾漏",买到一小块不知是什么的金属,上面刻了些小字,经考证竟是古代重十两的金币,对于研究古代货币流通极具价值;一位卖菜大嫂花十元在街边小摊请了一尊观音回家,观音像很小,仅一握之间,不想是古物,价值五六万元……

中国几千年来朝代更替,文化悠久,物品丰富,皇家宝物也好，民间精品也罢，流传到今日，都是历史的见证。20世纪70年代末，我家楼下搬来了一位八十多岁的老爷爷，他的老伴刚去世，女儿接他过来同住。据说老爷爷在早年间的北京是一位传奇人物，他的几个女儿均毕业于清华大学，女婿更是一个比一个出色，同住的这个便是某部委的对外司司长。老爷爷见人无话，好难得他肯接受我的搭讪，渐渐地熟络起来。老爷爷的房间里到处摆放着瓷器古玩，他每天的"工作"便是手执一块白布，为这些物件除尘。

老爷爷的古物大致分为三类：瓷器、虎符、文房用品及线装书。瓷器以精美小巧的茶壶和青花瓷、粉彩瓶为主；虎符是最令我陌生的东西，一直没看清他到底有几个，只觉得几次去所见都不同款，上面奇妙的图案和宝石均显示其珍贵的价值；他曾隐晦地说某件虎符和某件砚台原属于清朝某位大臣，这位大臣后来屡在电视剧中"出现"，可惜当时听老爷爷的许多历史解说不入脑，因为我对古物收藏实在所知有限。

人生在世都有点"身外物"，有意无意地收藏着些什么。我小的时候喜欢收集五光十色的糖纸，从中所得乐趣不少；长大了点，接手父亲收集的邮票，并增添了"外国邮票"部分，很有满足感；再后来，又迷上了收集扑克牌，收集各国硬币。改革开放初期，北京琉璃厂一带，有许多乡郊农民拿些古旧坛罐在那里摆卖，如果有眼光，那时入点货，如今大发达也说不定，可我们那时只会在旧书画堆里乱翻，书又不懂，倒是曾买到一本唐朝柳宗元的线装本字帖，视为宝贝，但几十年来搬了多少次家，字帖也不知去向了。

近十几年，我又迷上了收藏玉石，家中明里暗里到处藏着"玉"。家人说我买的那些东西，大部分不过是石头而已，我自己当然不这样认为。七八年前，湾仔会展中心开有一家玉石铺，老板是苏杭人士，我从他手中买过不少东西，其中一件是较大型的玉雕"招财童子",造型细腻雅致,玉中有几处翠绿及紫罗兰的颜色。我曾在中艺公司研究过玉器陈设,类似玉雕当时标价均在几十万港元之间。

其实,说到收藏,只要是喜欢的,可以不必太在乎价值。中央台的寻宝节目如果可以"走进香港",请专家们为港人手中的宝物作些鉴定,那将是怎样令人垂涎的一次文化盛宴啊!

神经爆炸力

伦敦奥运会男子举重比赛中,中国选手吴景彪输给了朝鲜运动员欧云哲,拿到银牌,丢掉了计划内的这枚金牌,这令他情绪大受打击。事后他接受采访时说:"很奇怪,今天一直调动不起来自己的情绪,不管怎么调整,身体就是不听使唤。我不明白为什么这样的比赛,我竟然调动不起来兴奋点。"

奥运会前夕,中国田径运动员刘翔的教练孙海平,也曾提到兴奋点的话题。他表示,在奥运会前继续在训练量和强度上加码,刘翔的神经兴奋点就会提早出现,这样的结果就是到了奥运会上,反而兴奋不起来。"因为人的神经系统一旦高度兴奋,随之而来的就是低谷。"这样说来,是不是由于比赛前训练强度太大,导致吴景彪的兴奋点已经提早出现过?

从学术上解释,兴奋点是指大脑皮层中特别活跃的部位,也可以理解为人的注意力和兴趣之所在。像已故功夫巨星李小龙喜欢做演员,他母亲说:"半夜两点钟叫他去演电影,他立即起床,但每天早上要他去上学,那就难了。"据说,李小龙有一次拍电影,导演拉队到泰国曼谷北部的一个小村庄取景,那里几乎与世隔绝,吃饱都成问题,但只要一埋位,李小龙就会表现出惊人的爆炸力。显然李小龙的兴奋点调动的时机恰当。

老师讲课,作家写稿,老板作决策,都有顺与不顺的时候,人的神经系统太复杂,现实中往往不易解释。

优雅女性

外表漂亮又有内涵的女人,到老都可以很优雅。优雅是美丽的延伸词,比美丽更令人心动。20世纪70年代台湾的大美人胡因梦,早年与著名作家李敖结婚,不足四个月又闪电离婚。以后每当李敖有大事发生,如参选"立委",或与什么人吵闹,胡因梦就会被人扯出来评头论足一番,我便是因为做新闻,熟知了李敖前妻现妻的趣事。

胡因梦祖籍辽宁沈阳,是满洲正红旗的贵族,不仅拍过电影,做过电视主持,在写作方面也很有成就。有人说胡因梦的美在于淡定,好似不食人间烟火,是一种内在修行、文化积淀的知性美。

徐悲鸿的前夫人蒋碧薇也很美,她后来的爱人张道藩第一次见到她时,只见她穿着灰黄色底大红花的长裙,站在猩红的地毯上,亭亭玉立,风姿绰约,可谓一幅绝妙的图画。蒋碧薇出生于宜兴城名门世家,我曾拜读过她的自传,其晚年更见相里画外的优雅。

在北京徐悲鸿纪念馆,我曾见到徐悲鸿后来的夫人廖静文,当时她正从楼梯上走下来,披着一件深色呢大衣,雍容端庄。廖静文著有《徐悲鸿的一生》,她本人对书画也有一定造诣,又做过教师,自是气质儒雅。

徐悲鸿1953年病逝后,廖静文将徐悲鸿的全部遗作、藏画和文物捐给了国家。近期有报道说,该批遗产的价值以百亿计!廖静文胸襟之高尚无私,乃优雅女性的典范。

一昔如环

刘培基是香港时装界的顶级设计师，也是演艺圈形象设计师的鼻祖，像梅艳芳、罗文、张国荣等名歌星的百变战衣，大多由他操刀制作。他甚至为梅艳芳设计寿衣，大殓之日亲自为她穿上，让她最后一程也走得靓丽。

刘培基的自传在《明报周刊》连载了很长时间，自传因涉及许多名人往事，引起不小关注。而刘培基讲述苦不堪言的幼年生活，更引发众多读者的怜悯。自传中所述的抓住机遇拼死搏杀的情景感人至深，外人往往只看到他成功后的光环，对他之前所经受的辛酸与伤痛却知之甚少。

有人问自传为何取名《举头望明月》？刘培基背诵纳兰性德的词《蝶恋花》作为回答：辛苦最怜天上月，一昔如环，昔昔成玦。意思是指最可怜就是天上的月亮了，只有一夜月圆，每一夜都是缺的。刘培基不知父亲是谁，八岁又遭母亲抛弃，他做学徒谋生，夜晚对着月亮哭泣，他说："是月亮陪着我长大，不敢忘记月亮的温柔。"

刘培基有一块蓝宝石，是天然的斯里兰卡石，非常珍贵。后来，他买下两颗半月形的钻石，拿去重新镶嵌成一枚戒指，合起来就是一个满月。黛安娜王妃来香港的时候，他和梅艳芳一起去见她，梅艳芳戴的是整套蓝宝首饰，而他就是戴了这只蓝宝戒指。他说："月亮、梅艳芳，对我太重要了，在重要时刻，有她们陪伴，我觉得安乐些。"

贵气装潢

洲际酒店欣图轩自制的金沙酥皮奶皇月饼，成分包括面粉、日本静冈县鸡蛋、法国手打牛油、金箔、花奶等，入口不甜不腻，值得称赞。不过，我更喜欢的却是月饼装潢，实在太漂亮了。

长条形手提袋，及盛装六个月饼的抽屉式硬盒的内外图案，皆是维港两岸的主要建筑，这些建筑用线条勾勒，部分空间上的色块，基本色是金、银、咖啡、橙色，贵气尽显。如果用该图案及色彩制成衣裙，相信也会非常好看。

如此耐看的月饼装潢，是本地著名设计师陈幼坚的作品。陈幼坚自称其设计天分与生俱来。他于2002年获香港特区政府颁授荣誉勋章，以表扬他对香港设计界的贡献。陈幼坚近年主要从事品牌顾问工作，"大快活"在2003年被陈幼坚改造后，股本升了八倍，市场占有率亦提升了百分之五十。

二十多年前，陈幼坚已为北京饭店的贵宾楼做设计，前几年，又被委任为北京国家剧院的视觉艺术顾问，负责设计剧院标志、各式纪念品和场内所有视觉摆设。

陈幼坚灵感的主要来源是女人："女人最有趣的地方是，十个女人，十个都各有不同。男人就十个有九个都一样。而且女人的观察力和敏感度，一般亦比男人高。因此，我很享受跟异性朋友倾偈，从她们身上，我可看到很多平时从没想过的灵感。"

月下看美人

最近看了倪匡的爱情小说《呼伦池的微波》，书中说的是美若天仙的蒙古姑娘革尔乐与刘兴云相爱的故事，刘兴云不仅是汉人，还是与蒙古人有杀父之仇的土匪头子，二人在杀戮中相爱，随后于绝境中沉入呼伦池，生死相随。

故事情节不复杂，意境却优美动人。现实中有没有这种浪漫的爱情？有没有如此俊美的男女主角？很难断然说"有"或"没有"。黎明和乐基儿便曾是郎才女貌的一对，但结婚四年便宣布各行各路。他们当初能缔结姻缘，一定相恋甚深，为何爱情不能保鲜？革尔乐与刘兴云才爱了几天，浓情在，人先逝，读者感叹的其实是虚幻的悲剧美！

美好的事物远距离欣赏，有着隐约迷离、飘忽梦幻之美，就好像星空下的稀疏梅影，湖水中的倒映柳枝，使人浮想联翩。香港女明星周海媚有几年与我家住楼上楼下，同乘电梯，近距离看她，与在电视剧里所见是两种不同的美。眼前的她衣着普通，素雅文静，偶尔，清晨也有未梳头就下楼的时候，这才是真正的周海媚。

"马上看骑士，月下看美人。"模糊环境中，勇士和美人的优点显露比较多，本质的东西往往被遮掩，这便诱发了观者的好奇心及探究心理。如今，我家又与武打明星元彪做了邻居，低头不见抬头见，原来他在现实生活中完全没有武夫的形迹，见到的是一位谦下恭谨、有礼有度的君子。

谁对谁错

　　镛记第二代掌舵人因争股权引发一场诉讼，兄弟决裂，全家大小陷入混战。官司未有结局时，大儿子甘健成便因病猝逝，最疼爱甘健成的甘老夫人痛心疾首。

　　普天之下，财产始终是家人间和睦相处的最大障碍，多少夫妻因财反目，多少兄弟姐妹为分家伤和气。古人说："清官难断家务事。"此语很有道理，某个家人一句不该说出口的话，便可能是一场生死大战的导火索，谁对谁错，根本无法判断。

　　父母去世了，后辈分产不均，打闹还情有可原，父母双方或一方仍在世，却无法平息子女的争拗，父母是否应该从自身找找原因。

　　做父母的，对于一胞所生的儿女，可以做到一视同仁吗？有位母亲，她一直表示最信得过女儿女婿，令他们沾沾自喜，以为自己是孝子贤孙，对老人更是关怀有加。但当涉及财产问题，母亲态度大变，认为儿子才是最重要的，大份额要给他，尽管儿子平时并不理会老人的伤病烦恼。

　　事实上每位父母心底都有自己最喜爱的孩子，据调查显示，多数父亲疼小女儿，绝大部分母亲偏爱长子。虽然父母不会承认，或做出假象，但子女直觉上是感觉得出谁比较受宠的。于是，手足间从小便展开竞争，如果引导得不好，有时甚至变成"战争"。

骑马舞风行

其貌不扬的韩国男人朴载相,跳着夸张幽默的骑马舞,高唱"江南 style",几个月就红透全世界。"江南 style"引发全球模仿热潮,在欧美多个国家的音乐流行榜夺冠,连美国总统候选人罗姆尼都跳着骑马舞上电视节目。韩国流行音乐近年深受追捧,说明韩国文化产业已取得巨大成功。

韩国于 1998 年提出"文化立国"战略,确定将文化产业作为 21 世纪经济发展的支柱产业,随即政府在政策和资金等多方面加以扶持。从韩国电视剧开始,到电影、流行音乐,以及韩国化妆品和医学美容,先是在亚洲流行,继而影响全世界,人们对去韩国旅游兴趣渐浓,令韩国大赚世界人民的钞票。

山东省的威海是距离韩国最近的中国城市,威海与韩国的经济文化交流以及民间团体的往来非常频繁,无论在城市建设、居住饮食还是在服饰文化等各个领域,威海都融入了韩国风格,几年前曾前往旅游,感受了一回当地浓郁的"韩流"。香港的韩国商品也大行其道,泡菜、年糕、衣饰、化妆品等广受欢迎。

韩国人开自己的汽车,用自己的电器,电脑和手机也都是 LG 和三星的。韩国人较团结,会做生意,他们外销的电影电视加插电子产品广告,而韩国品牌的电视,则全天候播放韩国流行音乐。不过,韩国在经济急速发展的过程中,也存在不少问题,如通胀严重,工时过长,一些行业怨声载道等。

同起同跌

奥巴马连任美国总统,他的胜选演说强调全国人民的团结、国会两党的合作,有些用词,如"我们终归是一个美国家庭,同起同跌""我们不止是一堆红州和蓝州,我们是,永远都是美利坚合众国",皆是在宣扬国家的利益高于一切。

奥巴马政府面临的最大经济问题是削赤,民主党要求增加富人税,共和党则坚持削减开支,如果长期意见相左,社会震荡将难以避免。

奥巴马的胜利演讲,一如既往的煽情,而他的夫人米歇尔更是个煽情高手。在选前的民主党大会上,米歇尔打头阵发表演说,她眼中含泪,提起夫妇二人早期生活的窘迫,她说奥巴马理解普通美国人的困难,因为他也经历过那些艰难时期。讲到学生时代的助学贷款时她说:"我们那么年轻,那么相爱,负债累累;四年的白宫生涯没有改变他,他在为每一个实现美国梦的人提供公平,我爱我的丈夫奥巴马!"

有观众说:这个女人长得不漂亮,但是十分钟我已经爱上她了;这演讲,看得人想哭啊!

失落的面纱

最近,买了一本描写女性人物的书来看,作者的文字天马行空,充满想象,有时要回读几遍方明白说的是什么?优美含蓄的名女人在他笔下更显神秘,如斯琴高娃眼中永远的幽怨,风雪蒙古女子为何有着江南女子的气韵?她的遥远,她的不老,"有如一张失落在荒漠上的面纱",这最后一句最是让人回味。

女人的一生就是一部史诗。

男人以为,这个世界上他们才是强者,没有他们天是会塌下来的,这当然是不需反驳的笑话。但女人也是强者,女人的伟大不仅在于孕育了生命,为全人类的生生不息浇灌着母爱的乳水;也不在于她们的美丽优雅,装扮着世界,更温暖着男人的心房。

女人最伟大之处,在于她们对苦难的容忍,对罪恶的宽容,对弱小的善良。曾经见过一位妇人,以她极度瘦小的身躯,养育出两个器宇轩昂的军官;一位贫穷丑陋的山村农妇,生育出一个如花似玉的硕士女儿。丈夫是土匪强盗,是赌徒酒鬼,妻子仍可忠心陪伴,女人,是情感的奴隶,认定了的耗费一生终不言悔。女人心胸之阔,气量之大,多少男人望尘莫及。

波罗的海小国拉脱维亚,曾有一个难民女孩叫费碧加,她年幼时跟着父母四处逃亡,途中坚持读书,社会的课堂将她磨炼成一位政治家,回国后参与国会选举,成为该国历史上首位女总统。女人在世界舞台上一样可顾盼自雄。

胀爆荷包

近日网上曝出深圳一名村官坐拥二十亿资产，包括大量别墅、厂房、大厦、豪华房车。当事人虽否认具体数字，但表示不清楚名下到底有多少财产，可见财产确实多。一个村官已富得流油，怪不得有人说国外到处都是华人留学生。

翻查去年（2011年）的GDP资料，全国省份GDP总量超过万亿元。其中，广东、江苏和山东连续稳居前三甲，广东GDP已突破五万亿元，经济综合实力已超越香港和台湾。

广东民间藏富，由来已久。1986年春，我们全家南下汕头，在广州住了几天，其间，去了几所大学。华南师大的学生一到晚间，就穿着拖鞋在校内的私营餐厅吃吃喝喝，弹吉他，喝啤酒，吸田螺；中山大学、暨南大学的自卖摊市则货品丰富。当年内地省份的民众生活仍以温饱为主，京津各大学的校园内大批穷学生，在饭堂吃饱已很不错。

广东临近港澳，三十余年来，香港大批工厂企业为节省成本搬往内地，深圳东莞等地区最先受益，是加速其富裕的原因之一。去广东一些度假胜地、高尔夫球场看看，豪宅林立，大批海内外的有钱人在此汇聚。

葛莉丝·凯莉

20世纪轰动世界的两场最风光婚礼，一是奥斯卡影后葛莉丝·凯莉的，1956年嫁给摩纳哥大公雷尼尔，二是贵族少女黛安娜的，1981年与英国王子查尔斯结婚。

葛莉丝出身于美国费城的一个大富之家，在事业巅峰期宣布息影，成为摩纳哥的王妃。读她的传记已是二十几年前的事，记得传记中有大量图片，记载了她高雅迷人的容颜，令人倾倒的才华，以及她美满的婚姻。在豪华的婚礼中，她披着由成千上万颗鱼卵形珍珠串成的面纱，走向集尊贵与财富于一身的"全世界最理想男人"，她不仅赢得了整个摩纳哥王族的心，更深受国民的爱戴。

葛莉丝生了三个孩子，1982年，她与小女儿驾车外出时出了车祸，伤重不治，女儿却安然无恙，人们无法解释如此愕然的事故，有说是女儿开车涉危险驾驶，也有谣言说这涉及黑手党的谋杀。

雷尼尔始终如一地爱着她，没有绯闻没有情人。她去世时仅五十四岁，身上唯一的首饰，就是二十六年前，雷尼尔戴在她手上的一只金色婚戒。雷尼尔终生未再娶，他说在他的宫殿中，葛莉丝无处不在。

黛安娜有着葛莉丝般的绝世容貌，却没有葛莉丝般的美好姻缘。天妒红颜，黛安娜也死于车祸，年纪更轻，只有三十六岁。

精神病杀手

美国康州一名二十岁男子,在家里枪杀母亲后,闯入一所小学,射杀了二十名小学生及六名教师。美国枪支泛滥是造成此次惨案的一个重要原因,但精神病患者对社会的危害行为也不容忽视。

该名凶手曾被人视为"天才",是学校荣誉生,读书成绩好,有超强记忆力,但同时也被怀疑有人格障碍及自闭症。有亲属指他因父母离异精神遭受重创,或是想向母亲证明他的"能力"。

有些精神病患者平常看起来问题不大,但当面临某些刺激或压力时,情绪就可能失控,成为恐怖杀手,对他人造成不可挽回的伤害。专家说任何人都有机会患上精神病,在世界各大城市,平均十个人中有一人在一生中会患上精神病。患上精神病的原因繁多,有的是先天基因遗传,有的是后天各种因素造成。

根据官方资料,单是在中国,目前各类精神疾病患者超过一亿人,重症精神病患者超过一千六百万人,即每十三个人中就有一个是精神障碍患者,约一百人中,就有一个是重症精神障碍患者。具体到香港,患上各种不同程度精神疾病的人数,超过一百万,而需要各项康复服务的精神病患者也约有九万人。

青山医院一位治疗师说,她在旺角、尖沙咀等闹市,均碰见过出院病人。他们有旧病复发的可能,是人群中的潜在危险。他们需要家人耐心的照料,以及社会更多的关爱。

潮州人爱金

银纸（钞票）贬值，银行无息收，买金不仅保值还有纪念意义。

不少潮州人事业有成，与他们讲求实际的传统分不开。我先生出身于潮州家庭，记得他刚上大学时，他父亲即从泰国寄来一个邮包，里面是一只梅花表及一本厚重的英文词典。在当时的年代，同学们也许觉得他父亲很另类很物质吧！但先生正是依仗这本词典，在大学期间，由商务印书馆出了他的第一本译著。

潮州人为后代选择职业也颇有"心计"，我孩子考大学那年，家婆来港，拿出一只金戒指送给他，说："曼谷的姑姑们要你考医生（其实是她要儿孙们都做医生）！"孩子本打算考电脑工程的，最后听从了祖母等家人的意见，考了医科。到我孩子结婚时，家婆等亲属全都以金作贺礼，潮州人，尤其是潮州女人，真的很喜欢金。

我少小离家，父母来信多是讲做人道理，结婚生子，父母有从旁协助，但不会赠送金等贵重物品，是否潮州人，行事确有差别。中国有句古话："饱要隔夜饱，好要上祖好。"潮州人以金传承儿孙，源于一代更比一代强的期盼。

京味文学

最近在看叶广芩的《状元媒》,这部小说以《状元媒》《盗御马》《玉堂春》等十一部京剧戏名为标题串成。小说讲述父母结合的经过,以及家族成员和亲戚朋友的故事。

叶广芩的母亲出身于平民家庭,生得精致美丽,三十岁那年由清末最后一位状元刘春霖作媒,嫁与年长十八岁的皇室后裔金瑞祓。新婚夜,新郎方告知她,已过身的正夫人虽仅留下四个儿女,但西院二夫人还生有七个,新娘二话没说,对住新郎胳膊就是一口……

叶广芩的小说像是在讲故事,讲的都是她家大宅门内满族贵胄的前尘往事。她的家族小说有一个特点,都是由一个个中篇串起来的。前几年曾读过她的《采桑子》,她将纳兰性德的"采桑子"词句分为九部分,以自己十四格格的独特身份,写了十四个兄弟姐妹的命运,文字优美。

北京人,尤其是老北京或满族人,非常尊崇叶广芩,认为她的作品京腔正宗。所谓内行看门道,这韵味是装不出来的,只能是环境熏陶长年浸泡而酿成。叶广芩对诗词曲赋、京剧、建筑、古玩、中药的描写,也使其作品的文化底蕴熠熠生辉。

用叶广芩的话讲,她的作品是"一种积淤已久的情感的自然流露"。她写古都大家族的没落,并无颓废忧怨,叹人生沧桑却终能释怀。看叶广芩的近照,总是笑吟吟的,这样一位开朗女子,下笔自然不乏风趣幽默。

内心富贵

李嘉诚二十二岁时尝试创业，开设了一家生产塑胶玩具及家庭用品的工厂，并取荀子《劝学篇》中"不积小流，无以成江海"之意，将厂名定为"长江"。李嘉诚有一句名言，大意是：三十岁之前要靠体力及智力赚钱，三十岁之后要靠钱赚钱。他在五十二岁时成立了"李嘉诚基金会"，将其视为自己的第三个儿子。基金会造福社会，非常庞大的资金全部来自李嘉诚的私人捐款。

李嘉诚曾提到中国春秋著名商人范蠡，说他曾是政治家、军事家，但他看透时局，转而从商，致富后却散尽家财，分给亲友邻居。继续从商，又成巨富，仍是将从商所得，毫不吝啬馈赠他人。

香港另一富豪李兆基，十八岁时以一千港元创业，两年后已很富有。李兆基说过，遵循中国人的传统，他会将大部分的钱留给子孙。但近些年来，他也表示要向战国"商圣"范蠡学习，李兆基赞赏道："范蠡财富三聚三散，他的智慧与眼光都高人一等。"他认同范蠡散财有道，捐款追求实际效益，谋求助人自助。李兆基在其不求回报的慈善工作中获得快乐。

在贫富悬殊日益加剧的今天，慈善事业功德无量，参与者的内心富贵更具社会意义。

干练女人

当年克林顿竞选美国总统时，有同事曾预言，一定选不上，因为他的老婆不像个女人，谁会喜欢一次选出两位总统？结果是克林顿并未落选，还连任了两届。

希拉里任职美国国务卿后，工作拼搏，长年累月在世界各地奔波，被美国人誉为"劳模"。之前因病晕倒，撞伤头部，造成脑震荡，才不得不住院医治。希拉里在政治舞台上的强硬表现，令多少男性领袖黯然失色。

做女人不容易，做女统领更非易事，必须有比男人更强的聪明才智，更大的牺牲精神。韩国总统当选人朴槿惠在其自传中说："能够强忍绝望，以及常人无法承担的悲伤，全都是因为我的人生不仅仅属于自己，现在我的人生正开启另一条命运道路。"她是独身女子，宣称嫁给了国家。

在历史上，有一位更早就声称嫁给了国家的女人，即伊丽莎白一世。伊丽莎白是16世纪下半叶英国的著名女王，她统治英国长达四十五年，在全盛时期，英国经济繁荣，文化发达，资本主义发展迅猛，是当时欧洲的商业和金融中心，更是世界头号海军大国。

我曾见识一位智慧超群、做事敏捷的漂亮女领导，她是湖南籍人士，她的男搭档相形见绌，在背后称她为"那个张牙舞爪的女人"。她对女下属传授做女人的基本要素：一是头脑清晰，二是永不退缩。

照片的无奈

美国一名孕妇在医院接受剖腹产手术时，医生刚打开她的腹部，一只小手便迫不及待地从子宫中伸了出来，紧紧抓住医生的一根手指，她父亲赶紧拍下这罕见画面，传上"脸书"后，成为最热门的网络照片之一。

西环某工业大厦的天台，晾晒着至少三万块鱼翅，从高空拍摄，场面蔚为壮观，照片在网上广为流传，有对画面表示欣赏的，也有环保人士的议论。近日有媒体报道，因鱼翅发出浓浓腥臭味，附近居民难以忍受，表示强烈抗议。瞬间，对照片的观感一面倒成为"负面"信息。

某地一群旅游发烧友，有一次在山区观看日出，当群山之间出现一道彩虹，太阳像燃烧的玫瑰冉冉升起，世界沐浴在如梦如幻的红色之中时，大家激动相拥，一位男团友情不自禁吻了一位女团友的香唇，正巧远处有一位摄影师，将这情景收入镜头。一张"吻照"上了网，女团友为此夫离子散，人财尽失。愤怒之下，终于追查到那位"多事"摄影师。

一张有价值的照片就是一则新闻。有网站专门经营卖照片的生意，哪里有大型活动、有灾难，他们就有本事拿到第一手画面，其他媒体可在网上付款选购，用做即时报道。

照片有时更胜文字，但也是无奈的，任人宰割的。利用电脑软件，原相可退底改背景，人物可任意修饰，甚或合成照片捏造新闻，一切易如反掌。

翩翩帅哥

《天天日报》兴盛时期，有一年的报庆酒会，广邀娱乐界人士，夜晚入席时，几乎全部员工到场，夹道欢迎宾客，大家心态是为了近距离观看明星风采。男明星里最受欢迎的是刘德华，记得他一身白西装，跳着上台，身手矫健，英气勃勃。刘德华歌影两栖，是艺坛常青树，是万千少女的梦中情人。

几年后的一天，在位于柴湾的明报工业大厦 A 座，与名歌星李克勤同乘一部电梯，只见他头发染色，衣着也有几种色彩，脚穿尖头皮鞋，助手帮他拎着旅行袋，估计他们是到十五楼的《明报周刊》编辑部拍照。

李克勤面部清秀俊逸，在我眼中，年轻时的李克勤和刘德华都是帅哥，娱乐界中类似的还有梁朝伟、郭富城、张卫健等，他们都生得俊美刚毅、潇洒风流，但如果要称他们为美男子，好像在个头上又输了些。

旅行中见到最多美男子的城市是华盛顿，那里穿西装男人中可被称为玉树临风的多的是，他们即便在小餐厅里午膳，也是风度翩翩。但友人说意大利的男人那才叫帅，他们是天生的衣服架子，不管年轻年老，身型身板都是硬铮铮的，不像我们中国男人爱长个大肚腩。

香港男子多数是广东人，他们的骨骼普遍略显瘦小，但他们的男子汉气质却是毫不逊色的。

另一双眼睛

女性看女作家的书，较易贴近心灵。看虹影《饥饿的女儿》，情绪压抑得令人喘不过气来。她笔下的家庭，重庆的江边百姓，好似生活在地狱里，肮脏、低贱、几乎没有人性。

虹影出生于三年大饥荒的末期，在父母兄姐的冷漠中孤独长大。十八岁那年，她发现自己是母亲与另一个年小十岁的男人所生，十八岁生日当天与生父见面，解开了那个常跟踪她放学的神秘人是谁的谜底。

当时她情窦初开，恋上已婚的历史老师，主动献上处子之身满足了长久的相思，老师不久后因故上吊自杀。不想这唯一的一次竟珠胎暗结，她只得私自去做人流。此时的生活满是厌倦和绝望，她决心永远离开家乡灰暗的天空与污水横流的土地。

虹影如果自暴自弃，而不是离家出走，便不会有她多姿多彩的辉煌新人生。虹影的血液中一定是有些不同的物质，除了比一般女性更多的坚强，应该还有点私生子独有的天生聪颖与特殊激情。只有这样方可解释，为何她在艰辛的环境中可以快速写出众多作品，《饥饿的女儿》的写作便只用了三个月的时间，而且是在前夫爱上她姐姐的痛苦情形之下。

虹影说她在承受苦难的同时，她的另一双眼睛默默地看着这一切。我们有时也会有这种感觉，这是绝望中残存的理智在期待明天的自然反应。如果只有一双眼睛，忍不过今日的痛，可能就一了百了了。

婆媳亲情

一位老同学在儿子结婚前,为儿子买了新房,小两口婚后常回家陪二老吃饭。谈到儿媳,她突然拉高声调:"嘿!进门不叫人!"她丈夫在一旁说:"叫与不叫都是她的妈,较什么真儿!"我们听了都笑起来。

家庭中你我他,情绪有高低起伏,性情喜好各有不同,就像那位做丈夫说的,真是不能太"较真儿"。我家婆是个传统型的女人,强调长幼有序,后辈不称呼长辈,她就会不高兴。

她到我家来时,每天早晨她儿子要出门时,她就坐在沙发上等着,她儿子如果记得说一声:"妈,我去上班了。"她就一天都顺心,如果没听到叫她这一声,儿子前脚走,她马上就对着我絮叨:"读了这么多书,读到哪儿去了呢?"

对家婆的礼教章法执行最好的是三个儿媳,大嫂贵为老板夫人,家婆到她家,一定是好吃好喝,潮州人的所有习俗,包括平时的做节拜祖宗,样样做到足;三弟媳是泰国人,医生太太,但家婆去了,遵循华人的礼数,对她体贴照顾;我对她的尊敬方式是,永远耐心听她的倾诉,尤其替她的儿子多叫几声"妈",让她心里舒服些。

浮萍人生

约三十年前,曼谷有一个男人,他在妓院从事了几十年的"拉皮条"工作。有一天深夜,他离开红灯区准备回家,见到街边一位婆婆仍守着一些未卖出的彩票,婆婆哀求他:"买两张吧!"

男人停住脚步,看了一眼贫穷可怜的婆婆,他知道,明天开彩前卖不出,这些彩票就是废纸,但这么晚了,谁还会来买呢?他突然心生怜悯,从裤袋掏出钱买了几张。他想,就当是施舍给她吧!第二天,他发现自己中了大奖,足够维持晚年的富贵生活。他对媒体表示,余生要洗心革面,重新做人!

人活在世上漂泊难定,犹如浮萍,那根儿总是在寻找着落点。那男人偶遇良机,终可游离污泥浊水,漂向清流。反过来看,如果婆婆没有卖出那张含金彩票,她的人生是否也会改观?

九位港人在埃及登上热气球之前,正享受旅途带来的一切,亲情、靓景、佳肴,无一不觉美好。但热气球突然燃烧爆炸,他们立即被恐惧痛楚掌控,仅两分钟,就生离死别。

冥冥之中,人世的变化是否有必然的定数?"宿命论"是源于古埃及一带的文化思想,时至今日,我们仍是面对同样的困扰,总是对"宿命论"半信半疑。

从生理意义上讲,人的生命即心脏,心脏停止跳动,人也就不存在了。而人的心脏不像树木有根基,可以存活千年万年。人生说到底或许真是浮萍,随波逐流,反复无常。

山里的孩子

湖南某个小山村里住着百来户人家,他们几乎与世隔绝,孩子们去镇上读书,需爬过垂直九十度的天梯,梯旁是七八十米深的悬崖。有网友大发感慨,建议政府也花些钱为孩子们修一条栈道。

有了解该地方的网友说:此村有路去镇上,但翻山越岭要走三四个小时,爬这个梯子,不用一小时,孩子也不用住校了。

内地原始村落多不胜数,我认识的一个女孩,她妹妹中学与我同班。她在陕西插队期间,一次下暴雨,她在跨越一条平时走惯的沟涧时被洪水冲下山崖。女孩擅长画"仕女",漂亮而有才气。她父母是知识分子,去陕西为大女儿办理后事后,顺道来山西,到我们村看望小女儿,全村知青围住他们哭泣。

中国山区的面积占了全国土地总面积的三分之二以上,许多地区崎岖难行,交通不便,无法种植农作物。有一首儿歌:"山里的孩子心爱山,从小就生长在山路间,山里的泉水香喷喷,山里的果子肥又甜……"仅是唱出了山区美好的一面。

爬天梯的孩子们让大家看到了山区生活残酷的一面,令人感动,令人心酸,他们从小就在穷山恶水的环境中生存,磨炼出吃苦耐劳的精神,但愿这些好学的孩子能有美好的前程。

套装女性

印象中,商界女强人周凯旋每次来报馆参加编辑会议,都带有两名保镖,保镖留守电梯间,周凯旋则一身沉色套装,拎个名牌手袋,仪态万方地走进编辑部。

1996年,周凯旋将手续齐备的十万平方米北京东方广场"熟地"卖给李嘉诚,赚取到四亿港元佣金,她暴富后涉足互联网业。周凯旋的CEO形象非常鲜明,经常都是西裤套装,鲜见她的晚装LOOK。

另一位CEO形象突出的是何超琼。赌王何鸿燊的十一位千金中,何超琼最具商业头脑,是港澳地区著名的女性商业精英。何超琼美貌性感,适合穿着各式服饰,但套装最符合她的身份。

黄埔麦当劳一位侍应阿婆,身穿黑色制服套装,头戴贝雷帽,七十多岁了,仍动作敏捷精神爽利。她负责收拾顾客的餐后"残局",不高兴时,嘴里会嘟囔几句。她有多少身家无法想象,但一身规范制服表明她目前是一名职业女性。

在乐富百佳,正排队等交款,突然见到门外一位"超级"婆婆在整理超市手推车。她身材偏胖,身穿黑色制服套装,头顶小红帽,肩至袖挂着半圆形御林军似的红穗,脚蹬黑皮鞋,最好看是腰间宽皮带,上面几个金属扣,把她的身材束至葫芦般美妙。

不分年龄贵贱,身穿制服套装的女性皆平添几分严谨强悍。

混合血统

男女双方来自不同地区不同种族,结合后所生孩子往往比较健康漂亮。世界顶尖模特儿,多数是混血,尤其是女模,她们或拥有曼妙曲线结合宁静神态,或拥有天使面孔结合狂野性情,她们的美丽令人惊叹晕眩。

在纽约时代广场一带,曾见过几位绝色美女,她们像翠竹般鲜亮,甚至比身旁的气派男人还要挺拔,她们如公主般高傲,皮肤发色各异,一望便知,这些人非混血儿莫属。

前些天去"大户屋"太古店进餐,邻台坐了一家四口,男方是金发,西方人,女方是黑发,但又不像亚洲人,两个孩子尽取父母优点,长得极是可爱,尤其那个男孩,用筷子挑起面条奋力吸啜,同时侧头好奇地观察我家这台的孩子,眼球转动,神情得意。

中国人的传统观念,较为倾向华人配华人,偏远农村地区,有些婚嫁不出村或不出方圆几十里,往往是世代"塘水滚塘鱼"。

我家三个幼儿健康聪慧,大的天生学习狂;老二貌比潘安,师奶杀手;最古灵精怪是老三,半岁小人竟善于察颜观色,哄得人人欢心。孩子们的某些体态略有异,血统一直是我心中的问号,事缘他们的外公虽是港府公仆,却是澳门过江龙。

女王的微笑

打开图片库,细阅当今世界最尊贵的女人——英国女王伊利沙白二世、丹麦女王玛格丽特二世、荷兰女王贝娅特丽克丝的风华绝代,观赏她们尽享荣华富贵的辉煌人生,以及她们不一样的微笑。

英女王八十七岁,去年登基六十周年时仍表明无意让位。她品行端正,礼仪繁多,是三位女王中着装最隆重者。她所佩戴的每一件珠宝,包括王冠、权杖,都价值连城,全球最富有的女性不是她,但她是全球最具权势兼富有的女性。英女王见证着大英帝国近百年来的变迁,她的笑容矜持而内涵丰富。

丹麦女王七十三岁,已在位四十一年。她性格开朗,兴趣广泛,在考古、美术和文学方面均有造诣。她不止一次举行画展,被誉为"欧洲最全才的女王"。丹麦女王被中国的灿烂艺术所吸引,是三位女王中唯一到访过中国的人。她鹅蛋脸型,年轻时非常漂亮。她的微笑欢快芬芳,洋溢着启迪智慧的力量。

荷兰女王七十五岁,在位三十三年。她以"现代、精干、谦恭"赢得民众拥戴。她治国有道持家有方,荷兰王室形象良好。如今,她正式退位,由其长子继位,她说:"我认为我们这个国家应该交给新一代。"礼帽下的她皱纹满面,但她发自肺腑微笑时,雪白的牙齿闪着光泽,仍有"一笑倾城"的魅力,这是女王真诚的微笑,更是成功母亲的微笑。(本篇成稿于2013年)

空来空去

老同学身居高位,仍是潜心典籍,孜孜不倦,多年来利用工作之余四处听课。今次回北京,她不断向我灌输从名师处学来的"国学",从国家体制到人伦关系,从人心腐败到万般皆空,讲得头头是道。其中,对周公的尊崇,对《易经》的诠解,好似香港风水师,还真与现实挂上了号。

从她的滔滔不绝中,我感触较深的是"万般皆空",因为我抽空去北京四季青敬老院,探视了一位阿姨,她的人生好像在印证着这一深妙哲理。

阿姨的父亲曾在沈阳开米厂,后将生意搬来北京前门,1949年后,生意虽没了,家境仍富足。她是娇生惯养的独女,嫁的是北京某大学教授。

她丈夫因病去世、三个儿女相继离巢后,原本快言快语的爽朗女人,渐渐变得婆妈,特别是去美国儿子家住了几年回来,神志开始不灵光,作息时间更是乱了套。

这次她见到我,先是叫了我妹妹的名字,然后是我先生的名字,接着便流下眼泪,似是在说:"我完了,一切无能为力……"看着她瘫痪在床的躯体,嘴里仅剩的三颗牙齿渗着血水,无法相信只是两年未见,她的生命竟成风中之烛。

老同学提醒自己是布衣出身,来也空去也空,活着平安已知足。阿姨呢?种种欲望都曾得到满足,却不能永久拥有。想深一层,生活过程虽各有精彩,但每个人都逃不脱"空来空去"。

洪洞籍保姆

"问我祖先在何处？山西洪洞大槐树。"洪洞大槐树下是明代的一处移民基地，至今仍是许多华人心目中的老家。

目前在北京照顾我母亲饮食起居的小谭正是来自洪洞县，近日回京，与她相处了几天，感觉她是个开朗没心计的女人。

洪洞县位于山西南部，小谭说外边人以为晋南生活富裕，其实不然，穷人多的是。她的故事是这样的：她在家中排行最小，父母去世后，经人介绍，与一个男人见了两次面，不足半个月便把自己嫁了出去。结婚当天已有债主上门，很快发现夫家那间破窑洞是租来的，丈夫是个文盲，她好歹读过初中，知道嫁错人了。

小谭在北京做了几年保姆，辛苦耐劳，将每月三千元收入积蓄起来，家里总算用四万元买了三间旧窑洞，她婆母年初大病一场，又花了她一万五千元，平时两个女儿上学，全家吃喝，都等着她寄钱回去。我问她，为什么不让丈夫也出来工作？她说："试过了，做保安，他不认得人家姓名；给人家当搬运工，记不住老板说的地址。连我跟他吵架，他也不明白我在说什么，他是放羊娃出身，羊多少他也数不清。"

小谭哭着哭着又笑起来，她说不笑怎么办，难道去寻死？我安慰她总会好起来的，她说不会，富的早已富了，穷的永远是穷！

银河落赌盘

李白有"飞流直下三千尺,疑是银河落九天"的佳句。银河由无数亿颗恒星组成,她闪耀的光带,好像天空中一条大河。道教更将眼睛称为银河,可见银河是"明亮"的代名词。

有一次,孩子安排我们二老前往澳门的银河酒店住宿游玩。银河酒店是"澳门银河综合度假城"的主打酒店,以"亚洲新皇殿"自居,其外观璀璨华美金碧辉煌,傲视群雄,尤其到夜晚,确可与天空银河相得益彰,酒店创建者采用"银河"一词独具匠心。

到了酒店,才发现酒店外有十多条免费专车线,通往关卡、码头等四面八方。我们从港澳码头坐的士前来,花了五十港元,想那司机一定在心中窃笑这两个乡巴佬。

银河酒店开业两年,底层是赌场大厅,大厅一边是购物步行街,另一边以食肆为主。客房宽敞舒适,透明洗手间约占三分之一面积,比较新潮。

酒店大堂建有喷水池,每逢整点表演一次。圆形的瀑布和着音乐舞动旋转,渐渐转出一粒巨型水钻石,水钻折射着五彩光芒,晶莹剔透令人叹为观止!喷水表演接近尾声时,水池周围显示赌盘上的数字,空中水珠帘好似银河闪烁下滑,护送钻石一起缓缓没入赌盘……

喷水池后方不远处就是赌场入口,职员们满面堆笑热情揽客,宾客看完喷水表演,带着明快憧憬走向赌场。好一个富贵的诱惑!

惊艳水舞间

关于澳门新濠天地《水舞间》的讯息早已知晓，但真正亲临观赏还是挺震撼的。带着好奇走入剧场的那一刻，潮湿气味扑鼻而来，让人感觉来到了一个水的世界。

全部座位居高临下呈圆锥形，圆锥底部是泳池，宛如明镜似的湖泊四面被山环绕。泳池不像平常舞台有前后台之分，也不见有可供演员进出的路径。

剧情由渔夫被巨浪卷入水中开场，他与一位青年同时被魔幻国度的士兵围困，青年抗敌过程中遇见美丽的海公主，两人堕入爱河。公主继母想独占王国，将公主关入牢笼，青年与渔夫联手，一次次营救公主。

剧情很简单，吸引观众的是泳池的变幻莫测。演员不断从高空跳入水中，池底一定很深，但瞬间，池面被水底推出的实物覆盖，成为升降舞台，有时，池面又突然冒出巨型铁架高至屋顶。演员从何处来，掉入水中游向何方，也令人迷惑。有两次，笼中公主与青年接着吻沉入水中不见了踪影，还真为他们捏一把汗。

构建池底与屋顶的科技器材凡人不懂，却值得欣赏，更可以任人想象。

演员绝大部分是外国人，他们身怀绝技，高难度跳水堪比专业运动员。结尾的飞车表演也极是刺激，四架电单车在空中飞来飞去，演员同时在车上做各种动作，纵然柴油味弥漫整个剧场，观众仍是惊叹声不绝。

繁华地路氹水

多少年前曾看过一部名为《枭雄》的电影,讲的是一位黑帮老大,为实现建造赌城的梦想,携同聪慧情妇,在拉斯维加斯拼搏,但金钱引来杀机,未见赌城繁华已横尸沙漠。

今日的澳门路氹城,俨然已是亚洲的拉斯维加斯,不同的是,它不是由黑帮老大创建,而是澳门政府借助赌权开放,吸引多国资本,于十年间迅速发展起来的。

无论是在银河度假城、威尼斯人、金沙城中心,还是在新濠天地、百利宫……各大赌场内,都有大批游客在此流连,绝大部分游客是内地人。他们中八成人仅是玩玩角子机,或者四围观战看看热闹。真正坐下的赌客,手持大叠钞票、大把筹码,即使是一千元起赌或五千元起赌,都出手果断。

一位男士每逢赢钱,便将两个千元筹码反手递给身后女人,女人立刻塞入袋中;另一位男士,走到这个赌盘前放下一个筹码,不论输赢,开局后马上走往另一赌盘,好像小孩在玩丢手绢游戏……

那些空台等客的荷官,面无表情,在混浊空气中哈欠连连。也有精神抖擞的,被众人包围着,动作娴熟优美。

澳门靠赌业走出经济低谷,赌业总收入已超越拉斯维加斯,人均GDP更是亚洲首富。不过,澳门的工种显然不太丰富,文化氛围也不浓厚,整个路氹城买不到书报杂志,走到氹仔旧区,才找到一家出售报刊的"7-11"。

老人与房产

随着内地房产私有化,近些年不断发生的因房产分配引起的争拗,已成为不小的社会问题。老人去世了,儿女间争闹与己无关,但老人仍在生,这内心的痛苦就有得受了。

现实世界无钱寸步难行,一处房产就是一笔财富。有些老人,仍是旧观念,认为嫁出的女儿泼出的水,不应来争娘家财产。按祖训,不动产应由儿子继承,余生铁了心跟儿子过。

儿子拿到财产,便以某些理由,将老人送去养老院。养老院即使像五星级酒店般豪华,有现成饭菜,有工人侍候,又怎样?老人毕竟离开了熟悉的人文环境,变得无家可归,儿女偶有探望,日夜相随的孤寂终是难以摆脱。

公证书上写明的条文与实际作法不符,可以控告继承者,但老人有这个精神去打官司吗?社会舆论的谴责也是作用不大,就像蜜蜂飞过,留下"嗡嗡"声而已。

家产的继承,如果是在一个法制健全的成熟社会,家人间有约定俗成的一定观念时,便很容易。如果争闹不休,可通过诉讼解决。但在某些环境中,由于历史因由、老人意愿、家庭实际情况的复杂性,执法人员深恐这"一锤"判下去,会闹出人命,所以处理起来很棘手。

对于财产或遗产的分配处理,内地公证处要求老人及财产继承者一个不漏同时到场,当面搞清条文,当面画押签字,这可能是最简捷、最无后遗症的做法。

天性各异

　　姐姐在"波波池"中玩耍，弟弟们从两侧洞口试图钻进去，姐姐喝斥："不准进来！"老二退出篷布外坐地哇哇大哭，老三伸手对住家姐兜头就是一巴掌，姐姐立刻大吵。

　　三个孩子三种个性，一样的家教，为什么竟如此不同？有时他们闹得人很累，总令人想"天啊！这是我家孩子吗？"

　　退一步想想也就那么回事，唉！人都是各有天性，没可能强求统一模式。以前我家有一位亲戚，大家叫他"发大"，"发"是他的名，"大"在我家乡念"豆"的音，心肝宝贝的意思，长辈称呼小辈常用这个字。

　　发大是匪盗，不是偷鸡摸狗那种，真是隐在暗处犯大案的坏人。他一生大部分时间在牢狱度过，老婆难守活寡跟其他男人走了。发大有个女儿叫雪芽，却是清纯得很，在亲戚家轮流居住，也曾在我外婆家生活了几年。

　　发大的姐妹嫁的都是体面人家，20世纪40年代在江南大城市过着阔太生活。为什么会有这样的兄弟？共同的说法是：以往家族中曾有类似坏种，这是天生的罪犯，是教不好的。

　　是不是真有"天生罪犯"？近年有科学家研究重案犯的大脑后，认为确实存在，就好像为什么有些孩子超常聪慧，有的迟钝笨拙；有的善解人意，有的勇于反抗……每个人不同的品质与性情，源于不同的脑神经网络，即不同基因形成不同"天性"，后天环境和教养要改变天性并非易事。

谍报魔影

看以往电影小说中的间谍战，不是跟踪盯梢，就是突击搜捕联络点，像《永不消逝的电波》中，从事地下工作的男女主角假扮夫妻，白天经商，晚上跑到阁楼上用秘密电台收发电报。电视剧《暗算》中，阿炳凭耳朵就能找到敌人电台；美女数学家通过慧眼更可识破天机，破译密码。

现今间谍战，虽仍讲求智慧和"超常能力"的比拼，但高科技的辅助功效愈来愈大。不需要人盯人、车追车的惊险场面，一部电脑，一部手机，便可做到对目标人物的一举一动了如指掌，甚至获取置人于死地的真凭实据。

美国人斯诺登近期揭发美国国家安全局，竟在互联网及电话网中，于世界范围内肆意截取任何人的电邮电话等资料。

斯诺登指香港电脑系统亦早已被入侵。有怀疑自己被监听的政治人物表示，以美国的先进技术，在香港以各种方式窃取情报并不出奇。

他国每有新领袖产生，或每有大事发生，大国情报机构必以各种方式掌握第一手情报，目的旨在协助最高层作出及时判断和决策。情报收集对尽早揭破恐怖袭击阴谋确有帮助，但大规模收集民间政经科技资料，与"反恐"能扯上多大关系？

以国家安全为名，侵犯他国民众隐私，这种行为有无办法禁止？互联网日趋普及，电子资讯易被监控，个人私隐将荡然无存。

儿孙助延年

在近日的"全球未来2045世界大会"上,有专家称,用软体思想对待生物学,人类将会在医疗领域实现长足进步。例如,使用3D生物印表机,就能够制造出人体组织,通过重新编码软体的思想,对心脏病、癌症及神经系统疾病,都可找到治疗方法。

本届大会对大幅延长寿命的前景做出讨论,希望能够创造一种新的技术,将人类的意识上传到非生物的主机上,最终让人类实现长生不老。

学术语言深奥难懂,但长生不老的愿景很是鼓舞人。幼时父亲曾说,以后每家屋顶上都有一架特别的飞机,当地球人满为患,全家人便可搭机去另一星球居住,生命将更美好。地球如今真的很挤,将父亲"挤"去了另一个世界。我们这一代,估计等不到长生不老成为现实,也将跌出地球之外。

是人,谁不希望长寿,人类的寿命也确实在不断延长,现在活到九十岁、一百岁不再是梦想。老人要想延年益寿,最好的方法是儿孙绕膝。像李嘉诚、李兆基,一生事业辉煌,加上家中一群孙儿女天天围着呼唤爷爷,这个要抱抱,那个要亲亲,有时带领全家乘飞机外游,或上游艇折腾一番,感受孩子们的天真活泼,也变相锻炼了他们的身体机能。

颐养天年,仍是要找点事做,与儿孙欢聚一堂,自然会忙个不停,这才是老年人最好的保健品。天伦之乐莫过于此!

游南沙

从市区驱车两个多小时,到了有"广州之肾"美誉的南沙湿地公园。该公园经二十多年的围垦经营,核心游览区占地逾二百公顷,种植着成片的红树林、芦苇及荷花。

每到冬季,成群候鸟从北方迁徙至此处过冬,据说鸟儿们飞扑觅食,鸣叫声喧哗,但当日所见,仅有零星夜游鹤和赤鹭,在树丛间水面上展翅。

这里的红树林大部分从孟加拉国引进,根部泡在伶仃洋及珠江混合的咸淡水里,枝条柔软似杨柳,这时节结满串串青果,蔚为壮观,与香港湿地内的红树林大为不同。公园内并建有约五万平方米的水上区,供游客漫步于九曲莲花栈桥,观荷赏鲤。湿地公园环境清静优美,服务却有待改善,导游小姐将太阳帽遮住整张脸,冷漠解说像在背书。

湿地公园外不远处是海鲜一条街,类似香港鲤鱼门、流浮山,食客自行选购海产,拿去酒楼烹煮。各色海鲜都是当地渔民清晨出海打捞,非常新鲜,那些小鱼小虾用来滚汤尤其鲜甜。

南沙岛面积广阔,所到之处不是葵园就是藕池,植物青葱茂盛却人迹稀少,一些楼盘兴建中,不知建成能否卖得出?我们特意去了霍英东长孙办婚宴的南海大酒店参观,建筑美观,海景靓丽,不过大堂楼上楼下只见服务人员不见住客,该五星级酒店地处偏远,仅有些会议接待等业务。

友情有头无尾

华北某个村庄,有两个不同姓但亲如兄弟的好友,他们一起长大,同时娶亲,差不多时候生娃,两家媳妇因着丈夫的关系,也非常地要好。

一次,这两个壮汉在田头比赛摔跤,互抓着对方的光膀子,头抵着头,吭吭地喘粗气,周围的庄稼人见有热闹最是兴奋,蹦跳喊叫起哄。比赛终于有了结果:一人被另一人摔翻在地,胜利者未来得及直起腰喘口气,已发现地上兄弟不对劲。

败者不知怎地折断了颈骨,很快就死去了。他媳妇疯了似地跑去"凶手"家,见人就打,人跑了就砸家当,只差没放火烧了房子。

另一个类似事件,不过是换了场景,发生在大学教研室里。一群教师为评选副教授已开了一场马拉松会议,某讲师去了趟厕所,错过了举手表决,他落选了,平时有默契的老友及另外几人却顺利过关。论资历名气及学术文章,他是理所当然的副教授人选,为什么会这样?

他怨恨同事们的"故意",怀疑老友私下做了工夫。自己一把年纪,副教授当不上,教授更难指望。他把自己关在房间里,靠在床上一支支抽烟,闷在自设的困局里,老友几次登门求见都不获接纳。

这样情景坚持了一个多月。抽烟抽到最后,他日夜咳嗽,不可以平躺,只能坐着,强制送去医院后,被诊断是肺癌晚期,不久就撒手西去。

有些情谊就是这样悲哀,开头很好,结局凄惨。

各有特质

有一晚,编辑部员工外出用膳,剩下零星数人,一位上司边吃着自家带来的饭菜,边看电视新闻。一位中国高官出镜时,上司脱口而出:"上海小男人。"可能觉得言词欠妥,回头扫了几眼,相信没人听到才又继续享用晚餐。据我所知,这位上司父亲虽是广东人,但母亲是上海人,如果他外公听到此语作何感想?

另一次,在电视上又见到这位高官时,身边一位广东籍男人"哼"了一声后,也是那句"上海小男人",而且更送他一个滑稽绰号。

珠三角地区的某些男人以"大男人"自居,也许是主观上认为长三角地区的男人长相清俊,又吴侬软语,还会洗衣做饭,像个女人似的,不像他们,对老婆呼来喝去,家里家外一言九鼎。

据书载,苏东坡当年送家眷回故乡,王安石曾让苏东坡顺道带些瞿塘中峡的水回来,谁知苏学士一觉睡至船过中峡才醒来,只好汲了一瓮下峡水冒充。王安石得到水后用之煮茶,发现受骗,苏东坡只好说了实话。王安石解释说,上峡水性急,茶味浓,下峡水缓,茶味淡,唯中峡水缓急相半,茶在浓淡之间,今观茶色半晌便知是下峡水了。

瞿塘三峡是长江的一部分,不同地段的江水有不同的水性和水质,人也是同样道理,"上海小男人"与"广东大男人"都有他们的好与不好,真要追究不同,只能说是各有特质罢了。

旺家女人

退休这几年，三天两头地去街市，结识了一些档主。关系不错的冯姓夫妇是卖猪肉的，五十多岁，生意相当红火。搞不懂，为什么那些师奶总是喜欢围住这一档？

周边肉档人客稀少，我曾问冯太，肉有什么不同吗？她说是一样的。那为什么你们的生意这样好？冯太又说都差不多啊！

这位冯太在档前掌刀，她的相貌温柔和善，手起刀落，姿式举重若轻。冯生留着八字胡，像个日本兵似的，他在肉档另一边分拆猪肉，话比较多，爱开玩笑，他那在旁帮手的八十多岁老母，有时作状要上去拧他的耳朵。

见过一次夫妇两人闹别扭：冯太哭得眼肿肿，冯生透过猪肉缝隙不断偷眼望她，无论他多么殷勤地递这递那，冯太都不接手，样样自己来，一眼都不望他。老母稍后来了，冯太才一口一个"阿妈"地叫，让老人帮忙绞肉。

有一段时间为着做猪脚姜，我在他们那里预订猪脚。一天，冯太让我等她一下，她转身去到雪柜那边，拎出一条猪腿，还有三十只蛋，说是送我的，感动得我……

每逢过年送红包，我都会给冯生的老母一封。对这位老人我颇有好感，她善待儿媳，儿媳才会心气平和，夫唱妇随，安心做生意，同时，也将温柔反馈婆母。

冯生夫妇去年喜获孙儿，四代同堂的家庭，中流砥柱是冯太无疑，这个女人的大气和能干旺了全家人。

凯特不怕风

英国威廉王子与王妃凯特的儿子诞生两天后,凯特便抱着宝宝步出伦敦圣玛莉医院大门,让久候的传媒拍摄全家福。只见她身着短袖连身裙,露出修长手臂和美腿,满面笑容毫无憔悴疲惫之色,她的披肩长发随风飘动,少妇之风韵甜美迷人。

传媒报道凯特将回娘家休息一段时间,据说西方女子的坐月生活非常简单,照样喝冷饮、游泳、满街跑,顶多在饮食方面增加营养,避免剧烈运动等。像凯特刚生产完不包头部就出来吹风,但我们恐落下"头风"病,一般是不会这样做的。

我家儿媳前几年连续生育,通常是在生前一个月就开始为她准备猪脚姜,刨下的全部姜皮洗净凉干,到她坐月时用来煮水洗头,效果很好。

中国北方农村的产妇坐月比较夸张,家中环境较好的,都是在坑上闷坐一百天,全身包裹缠着头巾,日日吃红枣小米红糖鸡蛋。完成坐月时,这个女人皮肤白净细腻,平日下地劳作的粗糙消失了,好像变了个人似的。

以前农村卫生条件较差,尤其是黄土高原上的产妇,别说用暖水洗澡,连擦个澡也不容易。她们的被褥里跳蚤无数,发内有头虱及卵,气味也很大。我曾去过无数村庄,见过许多产妇,有些情景印象深刻,比如,她们边喂奶边挤奶给婴儿洗脸洗手,说是有益婴儿皮肤;外出如厕怕风寒,室内摆个屎尿盆,有的上面连个盖也没有。

催熟心智

电视剧《甄嬛传》的女主角扮演者孙俪，已婚育有一子，是演戏唱歌两栖演员，其不凡演技及大气美艳仿佛有迹可寻。

孙俪的形象健康正面，她扮演的甄嬛大获好评。历史上其实并无甄嬛此人，但熹妃是有的，熹妃与雍正生了弘历，即后来继位的乾隆帝。甄嬛从一个初进宫的单纯少女，历经种种痛苦的谋害、算计、背叛，变为善于弄权的熹贵妃。她在雍正临死前的一番冷酷说词，显示她作为后宫统领的心智已被催熟。孙俪在演绎甄嬛过程中经历的情绪起伏，对其日后驾驭自身心智的能力必有好处。

演艺可以催熟心智，从根本上改变一个女人，婚姻也如是。

一个生长于农村的女孩子，因为聪明伶俐，读了大学，有了自己的家庭和事业。她作为一个企业首领，其能力得到肯定，但她的婚姻并不如意，只是外人不觉罢了。近几年她回归学堂，一次次游学于五台山、西藏等佛教圣地，苦苦寻找痛苦的根源。

佛教大师说，慈悲并非受辱退让，人生应识己识人识进退，这便是智慧，没有智慧就谈不上真慈悲。她明白，多少年来的逆来顺受是自己只有慈悲欠缺智慧，变相害人害己，也造成了今日家庭的矛盾。

她的心智日趋成熟淡定，正运用智慧化解难题。同时，她说要学习二郎神的刚毅，以坚持鲜明个性为傲。

改良容貌

　　整容在韩国极普遍，整容业成为流水线，人们趋之若鹜。生活中对美丽的追求无可厚非，看首尔街头的女性不分年龄，衣着妆容均简洁时尚，精神风貌予人好感。

　　一位少女的鼻子架着胶托，显然是刚架高了鼻梁，她无视他人目光，神态自若。韩国人的脸较圆，鼻子不高，眼睛细长，这是民族的容貌特征，但经过整容，脸型拉长了，鼻梁九十度高挺，眼睛圆大明亮，简直判若两人。

　　当今世界的女人脸早已不是黑白电视的年代，稍稍改良容貌，或化个简妆，就可突显高贵气质和女人味。勿说年轻女子，韩国阿婶阿婆级数者素面朝天的也不多，至少是描了眉涂了唇。旅居首尔时，曾去了一家士多店（杂货店）几次，该店老板娘常坐于门外，架高一腿，与友朋吹水（聊天）。五六十岁的她涂了鲜红的唇膏喝饮料，尽管姿势不雅，仍有着些许性感。

　　上年纪的韩国女人，无论是清洁工，还是餐厅侍应，几乎无人不修眉纹眉抹红唇膏，有的还擦着日本艺伎似的白面霜。想到许多中国师奶不善保养皮肤，又不修边幅，如果学学韩国人，即便在家也抹点唇膏，人也会增些精神气。

　　免税店一位店员来自中国黑龙江，她会讲中文、韩文、英文，所以签到三年劳务合约。看她的面部是典型的朝鲜族人，这女孩完全不化妆，灯光下面色枯黄，无精打采，可惜了她的内在才华。

瘾病难除

一个美国人在过去五十六年中，为妻子买了五万五千条连衣裙，平均每天要买两到三条。他不管妻子是否合身，是否喜欢，一股劲儿地买，这哪里是为妻子买裙，纯属是自己有了买裙的瘾。

美国另一名五十八岁的无业游民，穷得叮当响，中了邪似地想被人包养。在过去十二年，他每周两次坐两小时车，从新泽西州到纽约曼哈顿街头举牌征婚，寻找有钱女人做老婆，也是精神有病了。

"瘾"是成了习惯而不易戒除的癖好或嗜好。在医学中，解释为一种身体必须依赖于某种物质才能正常运转的状态，例如吸毒者对毒品产生依赖，欲望强烈到无法自制。对某件事上了瘾，不做日子就过不下去，和吸毒差别也不大。

依赖某种药品，或过于紧张某件事，都是对人体有害的，连日常生活中过量的咖啡、烟酒等也可变相杀人。英国大文豪莎士比亚写作时要以咖啡提神，久而久之伤了身体，有说他五十出头就丧命，与过于嗜饮咖啡有关。台湾武侠小说家古龙则有"大醉侠"之称，饮酒写作，灵感如泉涌，但四十七岁就因酒精肝硬化致肝癌病发而死亡。

稍不留意，有些习惯偏好很容易令人上瘾，像古物收藏，分不清真假，胡乱去买，令辛苦钱付诸流水；像投资物业，不计算负担能力，以为买来转手就可掘桶金，这和赌博是同等性质，身家性命难免不保。

王后理财

英格兰王朝亨利八世的首任王后叫凯瑟琳,是才貌兼备的西班牙公主。凯瑟琳认为权力基于财富,宫廷如果挥霍无度,国家则无法井然有序。她将西班牙高效清廉的中央行政体系照搬到英格兰,建立司法制度,终结腐败动荡,树立君主威信。

凯瑟琳因为历经磨难,知道柴米油盐得来不易,她可以在没有多少收入的情况下,维持王宫的体面。她经常审核大宗开销使用是否合理:厨房、酒窖、衣物、马场、乐队等,宫廷每个部门每月须整理收支报告,如果出现超支,就会遭到质询。凯瑟琳王后就是财政部。

像凯瑟琳这样的精于家政财务,是今天我们每个主妇应仿效的。刘嘉玲近期因着家产被传媒追访,她的理财之道并非她自称的"我也不知自己有多少钱"。她投资物业、开拓生意,哪一项不须精心计谋?"亲力亲为……人不到不为财"不也是她的话语吗?

主妇就是家庭的王后,不善理财的家庭危机四伏。某亚姐冠军嫁作贵商妇,生了三个儿子,到离婚时竟然要搬回娘家住,说自己非富贵出身,可以过"有饭吃饭有粥吃粥"的生活。话可以这样说,但现实不容你念佛度晨昏。

一个大丈夫千万豪宅买了一间又一间,地产经纪问怎么次次只写你一个人的名?大丈夫说:"太太没到六十岁。"到了六十岁,大丈夫转移掉全部资产又如何?

爱的果实

  任何小动物，当然包括小人儿，都是可爱的。我家以前的印佣说，为 BB 擦屎擦尿无所谓，要我去照顾老人，给再多钱也不做，老人听到多悲哀啊。
  九月开学首周，天天滂沱大雨，九龙塘这里每日大塞车。父母请假亲自接送子女，祖父母、工人跟着帮忙，幼稚园内，幼儿班两岁孩子放声哭闹，房顶也要被震塌了。K1、K2 那些三四岁的，也有哭哭啼啼的，但更麻烦的是在脚下绊来绊去，大人小孩雨衣雨伞，好不混乱。
  疼爱孩子全世界皆然，孩子就是要拿来疼的，拿来抱的，等他们长大了，谁还稀罕长辈的怀抱？我拎着两个书包打着伞跟在先生后面，见他一手抱老三，一手拖老二，老大紧抓着他的衣衫，眼眶发热，分不清雨水泪水，唉！骨肉亲情就是这个样子吧！
  中国人疼孩子的方法，只要不是骄纵，便问题不大。孩子们有不同个性，只要他们开心健康地长大，聪明也好愚笨也罢，由得他们去吧！
  在韩国看到六岁以下孩子坐地铁免费（小游客同等待遇），首尔的儿童大公园横跨四个地铁站，不售门票，单是动物园内，狮子、老虎、大象、企鹅，不少的珍禽猛兽，它们的管理、饮食，要耗费多少款项？更甭说那处处奇花异草，日日离不开园丁，韩国政府真够大方。
  为了孩子，是要大方些，国家舍得花钱，是爱；家人舍得辛苦，更是爱，爱的果实会很甜很甜。

眼睛后面

一位男同事在过道与老板打了个照面,回到座位后心神不定,对邻座说:"有点不对劲!"邻座问:"什么不对劲?"答曰:"老板看了我一眼,好像在说,呢只老嘢重唔走(你这老家伙怎么还不走)!你的人工(工资)我可请两个后生仔(年轻人)。"男同事后来知趣地辞工了。

眼睛后面是大脑,眼睛是无声的嘴巴。老板口头上夸你经验丰富,一个顶俩,但他的眼睛会告诉你真实想法。公司成本是愈小愈好,员工平均年龄也是愈幼愈好,这样在行内方可保持竞争力。

老板喜欢员工的工作表现,并不等同喜欢你月月拿他的高薪福利,还有,公司的中层领导比你年轻,也不喜欢有老员工阻头阻势,说不得闹不得,分配工作还要佯装客气商量着来,哪比得领导一群"小年轻",指东不向西,干得痛快有气势!

以前见人戴黑超(墨镜)总觉是在装模作样,尤其是在葬礼上,黑超后面是否悲伤,有无流泪,因为看不清,总令人有猜测的念想。当自己也成为"一只老嘢",为保护视网膜免遭强光损伤,也戴上了黑超,竟发现"别有洞天",尤其可以放肆看别人眼睛,自己的眼睛却隐身暗处。

女人聚在一起常爱议论家佣,既使听不清或听不懂,临近的家佣看看主人的眼睛,也知道发生何事,而且目光好像电波,震动周边气场,那股"寒意"家佣会感触到。所以,不管什么人,要想遮掩点什么,戴黑超是权宜之计。

我爱马拉拉

2013年9月，巴基斯坦少女马拉拉获得国际儿童和平奖，最近也被《时代》杂志选为"影响世界的百大人物"之一，虽然未能夺得今届诺贝尔和平奖，但她勇敢高贵的灵魂已赢得国际声誉。

马拉拉十五岁时在博客撰写网志，宣扬女性受教育权，揭露塔利班暴行。在一次放学途中，马拉拉遭到塔利班枪手的袭击，头部重创，她被送往英国救治，性命得保。

一次次在电视中看到这可爱女孩侃侃而谈，神情冷静，表述简洁，真是非常难得。她本身是可以受到教育的，但为了失学儿童，尤其是女童，不顾安危挺身仗言，她是真正的人权斗士，怎不令人敬佩？

全世界失学儿童中，三分之二是女童。我们在马尔代夫、斯里兰卡一带旅行时，导游讲了许多该地区女性令人发指的不平等生活。有些女童得不到良好教育，主要是贫困、宗教等因素造成，但根深蒂固的"男尊女卑"观念也是残害女性的刽子手。

印度每年有几千个新娘因嫁妆不足被丈夫烧死，一些国家的女性从出生开始就属于"次等品"，终生忍受男性的霸道管束。

关于女童该不该接受教育？问题本身已极其荒谬。今天，马拉拉为平等教育权不惜牺牲生命，有良知者都应支持她，与她并肩奋战。我爱马拉拉！

梦中家园

美国的一个家庭，父亲曾是联合国开发计划署驻华代表，他的夫人于2005年在香格里拉创办了云南山地遗产基金会，并建立了香格里拉手工艺品中心。这对夫妇的三个儿女也落户香格里拉，在当地办农场，经营有机蜂蜜和咖啡豆生意，将部分收益回馈当地农牧民，共同致富。

这是一个传奇故事，因为故事人物的俊美热诚，看得人舒服温暖，同时，香格里拉世外桃源般的美景也令人陶醉。我曾在十多年前游历过香格里拉，当时交通要道正在修建中，沿途触目荒凉，石块伴着尘土，当终于抵达目的地，一窥香格里拉真面目时，方觉一路艰辛极有价值。

香格里拉值得游览，但要在此定居又当别论。香格里拉县藏族人居多，生活非常贫困，未开发旅游业前，许多家庭将帐篷搭建在半山腰，住的已很简陋，粮食蔬果更谈不上丰盈，美国这三个受过高等教育的年轻人，辞去高薪厚职到此来创业，单是克服生活这一关已很不简单。

人们为谋生走南闯北，梦中的理想家园到底是哪里？我曾在敦煌产生过强烈愿望，想留在那里工作，自认为会是个合格的解说员。家人说我中了壁画的邪，痴心妄想而已！敦煌的贫乏与香格里拉相似，如果当真去做了解说员，要想拥有今日的理想家园恐怕是不可能的。

谁写族谱

读了几本菲利帕·格里高利的英国宫廷小说，才弄清楚她在每本书开卷时，提供给读者的"都铎王朝人物关系图"，从图表中看到伊丽莎白一世是亨利八世与第二任皇后所生。几百年后的伊丽莎白二世，即现任英国女王，是温莎王朝的后人，伊丽莎白一世与二世虽然都拥有英国王室血统，却不是一个家族的。

族谱是封建宗法制度的产物，记载有血缘关系家族的繁衍，东西方王朝的族史，自然有历史学家为他们编撰，一代代的人物关系和是非功过，记录得清清楚楚。普通百姓要想为后人留个家族史，则是要自己去整理编辑了。

夫家的老叔近两年来，不断打电话催促我先生，族谱写得怎样啦？老叔年逾八旬，20世纪50年代初从泰国回到中国，考入北京大学，他是很好的中、英、泰文翻译，长年为援外工程工作。难得老叔有家族使命感，在耄耋之年坚持要写个族谱出来。

先生的家族不小，族人分布海内外，从太公太婆开始，写五代人的众多家庭，这些家庭的婚姻、子孙等人文资料，至少要写个几万字，是一项颇复杂的工作。

潮州人没生男性后代的，对族谱并不重视，外嫁女有"到我为止"的心态，也是爱写不写，年轻人更没有数典认祖的愿望，所以，我先生虽非长房长子，但因为他后辈较多，所以老叔希望汇总定稿的工作由他来做。

阴霾下的西安

"我在等待的是你那扇从未开启的门,我在等你的那个晚上读懂了你的真,我要让你知道你是我最心疼的女人,我不再寻找我愿意等。"刀郎沙哑的嗓音,渗透出男性的原始纯朴,他的《最心疼的女人》飘荡在长安路边,是我们近日再次踏足西安,在阴霾天气下听到的最美妙的歌声。

长安路两旁的陕西师范大学、外语学院、西北政法大学,都曾留下我们的足迹,西安是我们既熟悉又陌生的一个地方。今日西安,街头似乎多了许多餐厅,烤羊肉串、牛羊肉泡馍、肉夹馍、麻辣凉粉……我们在那里的三天,几乎餐餐都接触到这些风味小吃。清晨,在餐厅见到豆浆、粥、油条等北方餐饮,与冷辣西域肉食共处,居然还有江浙清汤馄饨,西安平民生活多样化可见一斑。

对于近年市容的巨大变化,西安人无不引以为傲,单是一个大唐芙蓉园,就占地千亩;大雁塔一带,广场、建筑之宏伟也令人叹为观止。西安有意识展示盛唐风貌,其优势得天独厚。

以前,我们曾在离市区不远的长安县住过一段时间,那里空气清新,环境幽静,自家小院可种些蔬果,养鸡养兔,甚至捉鱼摸蟹解馋。那时的天空清澈如洗,与如今西安市上空灰蒙蒙一片相比,简直是两个世界,也难怪有些人打算逃离市区,到郊外置业。盛唐时代料无阴霾,现代古城将如何化解这一败笔。

开启母性

英国王妃凯特三个月大的儿子乔治受洗,英女王四代同堂,皇家喜气洋溢。想当年黛安娜为王室先后生下两位男性继承人,也曾向世人展示欢欣的笑靥,可惜命运弄人,她无缘将可爱孙儿拥入怀中。

女人生下孩子后,感情会更温柔细腻,看凯特满足快乐的神情,就知她是多么爱她的儿子。

宋美龄终生未育,但不代表她没有母性,她与蒋介石的重孙女蒋友梅甚是投契,蒋友梅更在官邸陪伴了这位曾祖母六年,亲情深厚。母性与生俱来,孩子就是启动母性的钥匙,乔治令凯特更妩媚温柔,蒋友梅则令宋美龄更见慈祥高贵。

对于不能生育的女性,以前的老人会劝她们收养个孩子"带一带",许多女性就是用此方法得到亲骨肉。曾认识一位随军太太,怀一个流一个,即使卧床不动,也保不住胎儿,前后失去六胎,医生称此症为"习惯性流产",很难医治。

她母亲自作主张领养了个男婴送来给她,她学习着接受,渐渐将全副身心扑在儿子身上。年余后,她又有孕了,这次她不能卧床,因为儿子没人照顾。后来她竟连生三胎,不再流产。她非常喜爱领养的儿子,认为是他令自己成为正常女人、幸福母亲。

雌激素创造女性怀孕本能,抚育孩儿令母性全面启动,产生更丰富孕激素——完全是良性循环。

优雅老妇

中国人对修饰仪容确是不太重视，年幼时，看到周围的人一张嘴露出黄牙黑齿，以为牙就该是这样的。以前在北方农村，农家人不刷牙，见到知青刷牙说是多此一举，牙用来吃饭怎么会脏？近一二十年国人才讲究口腔美容，兴起箍牙、除口气等牙保健。

发达国家民众较注重仪表，他们的女孩子十多岁都要进行一次牙齿矫正，外出时，他们讲究不同场合有不同发式及着装，表现出良好的精神风貌和礼节修养。

我家楼下有位七旬老太，堪称优雅典范。她家房门离电梯不远，住客等电梯时听到悠扬琴声，就知老太太在弹钢琴了。她的房门上不时贴着音乐会宣传单张，她想与众同乐！

偶见老太太走出门来，头发鬈曲，妆容姿整，花衣黑裤，清爽利落，总引得人看多两眼。她自驾外行，菲佣陪侍在侧。这老太太是一众保安的偶像，常听他们某位在说："听，老太太在弹琴呀！""看，老太太开车走了呀！"

贝二玲三

杨凡是我喜爱的作家之一，近两年追住买某周刊，很大原因是为了看他的小说连载。杨凡的文字段落很长，密集集的，但可感受到他连贯思绪的气韵优游自在，流水般舒畅，读来愉悦身心。

最近作品中，他笔下的富豪男主角香桂桐，以非凡才华将家业治理得有声有色，他的正夫人大方得体，几位妾侍也无争风吃醋，其中的"贝二"纯朴美丽，"玲三"虽是男人改造，却艺压群芳。杨凡虽是男作家，他的文字描绘竟非常女性化，而且有着音乐般的节奏。

另一位可爱的作家（说他可爱，是因为真的很欣赏他）是杜惠东（笔名老杜、杜杜），最初他将潮州饮食写得美妙绝伦，令我大感兴趣。这些年来发现，香港许多巨星是他的挚友，娱圈秘闻信手拈来；他航海多年，浪人般周游列国，见尽世间百态；他写遍人间天堂地狱、英雄天使魔鬼，他写得兴起，读者看得过瘾。

我曾认为经历是文学的主要土壤，不到一定年纪写不出有深度的作品，所以对勃朗特三姊妹在非常短暂的生命中，可以写出《简·爱》《呼啸山庄》等巨著难以置信，只能敬佩地说，她们是天才！杨凡、老杜等前辈也可说是天才，他们不光拥有凡夫俗子得不到的人生，更重要的是他们拥有勃朗特三姊妹般的天赋基因，善于从艰辛生活中提炼精神瑰宝，化为精彩文字。

多给些太太

　　曾经结识过一批生意伙伴，从他们那里见识到不一样的生活。有运气好的，一赚再赚，钱来得容易用得也痛快，住豪宅开奔驰，呼朋唤友吃喝玩乐。也有生意受挫折的，甚至成为阶下囚，他们的人生观因此而大变，当"霉运"过去，五十岁前的仍想东山再起，年长者会向往平静安定生活，守住手中幸存，不再去冒险拼搏。

　　男人赚到钱后，往往想更有钱，结局便是走向两个极端，或更加富有，或一败涂地。女人有了钱会怎样做？曾有一位女子问我，你有固定收入，每个月会用五千元买衫吗？我反问她每个月需要多少置装费？她说买衫用钱不多，花钱最多是首饰。"你看我这对耳环，昨天才买，三万八。"

　　我的一位长辈曾是成功商人，做进出口生意，又自设几间工厂，有人向他借钱，他来者不拒，有人求他代向银行担保，他也豪气相助，最后在一次股灾中他几乎"全军覆没"。晚年，他多次对我说："那时餐餐开几桌，谁都可以来吃，借我钱的今天没事人一样，偷我钱的跑去台湾连个影也见不着，当年我为什么要那样做啊！多给些太太不好么？"

　　他的太太贤惠淑德，有钱决不会去买衫、买首饰，只会用来相夫教子，安排家庭生活，她确实多次向丈夫要求，多留些钱给她，留条后路！可惜，心怀壮志的丈夫哪里听得进去？

古怪脾性

　　一位姐妹说,她得不到母亲的疼爱,不记得母亲曾经抱过她亲过她,好像她是捡来的,二人永远话不投机,现在不得已要照顾母亲,就当是报答生命源于母亲吧!此话听来令人心寒,感情欠佳,母女双方都痛苦。

　　家人间的种种伤痛,除了感情基础薄弱外,脾性不合也是个原因,往往你想东我想西,一开口就翻脸。我见过亲兄弟十几年不见面,也见过一家人不能同桌吃饭,家庭气氛阴冷紧张,甚至充满火药味。

　　身边往往就有古怪人,有点小事就好像天要塌下来了,有点矛盾就喊打喊杀,吵生吵死,结个死扣解不开。见到有位暴躁女人的脾性跟谁也合不来,她的任何不满都在家人身上发泄,动不动就唠叨指骂。现在,儿女都长大成人,指望他们日后照顾年迈的自己,就少发了些脾气,但心中怨火总要找个出口,也要为自己的不正常找点理由,就开始在周围物色另一些憎恨对象,找对方的"错处",弄些不愉快出来。

栽培儿女

菲佣放大假，通过家政公司请了个钟点工帮手做清洁，我们叫她梅姐。梅姐五十开外，家住牛头角，每小时八十港元的工酬，她说家政公司并不抽佣，可全部入袋。她坐地铁到九龙塘后，便步行十数分钟走上毕架山来，这样一来一回省了近十港元车资。梅姐有一子一女，儿子从科大毕业后打政府工，她王婆卖瓜地说："儿子很聪明，他喜欢做什么工作，由得他去！"

梅姐三十九岁那年，又生了个女儿，正在圣保罗男女中学读书。看的出，梅姐对女儿的自豪远胜儿子，她说当年借了朋友九龙城住址，女儿被配往九龙塘一间名校就读，曾连续三年考全级第一。升中时，同时被协恩、德望、圣保罗录取，考虑到小学已是读女校，所以中学选了圣保罗。

教琴教画老师都是上门的，学费虽贵些，但女儿多了读书时间，梅姐说个个家长都是这样的啦！女儿钢琴考到八级，中国舞考到六级，而且听话乖巧。"她已长得比我高……多读点书，希望她将来不会像我这样辛苦命。"问她："女儿是你一手带大吗？"她答："那还能是谁？"真听得人肃然起敬！

两年前，我在元朗也见过一个考上圣保罗男女中学的男孩，他家住村屋，家境普通，据说这男孩读书好兼擅长球类运动。他父亲对人说："大人再怎样吃苦受累，也不能误了有出息的孩子，一定会全力支持他！"

英才摇篮

上次去西安时,见面的亲朋几乎都要赞一番西北工业大学附属中学,该校2013年有一百零四名学生考入清华、北大,是除北京市外,全国唯一一所考入清华、北大人数过百的中学。西工大附中升学率百分之百,达重点线的学生占百分之九十五以上。进了西工大附中就等于上了好大学,陕西人称此校是英才摇篮。

堂妹的儿子正是读西工大附中的,几年前被保送清华,本科毕业后留清华读研,后拿到美国某大学全额奖学金,目前正读博士后。如果当初进的不是西工大附中,这孩子的聪明资质或被埋没也说不定。

这个孩子在清华任学生会主席期间,与副主席很合得来,他认定这是可结缘终生的女孩,二人同赴美读博士后年余便结为夫妇。我非常好奇地看了他们的婚照,女孩美而清纯,真是佳偶天成。女孩来自杭州农村,父母务农,女孩本科读上海交大,也是被保送到清华读研,她妹妹也是个才女,在上海复旦读书。

我曾见过杭州郊外的富庶,以为女孩也生于有钱农家,不想任职军界的堂妹夫说,他为儿子婚事曾南下女方家,对方父母忠厚但非常贫穷,两个女儿完全靠自身刻苦拼搏。他说女孩不是一般的懂事,堂妹两年前病逝,堂妹夫在婚宴上想到儿子如今有父无母不禁嚎啕大哭,女孩立即起身说:"我是女儿,有我在……"

清贫中的自律美德,更是英才的摇篮。

女人爱色彩

某日，一位友人坐地铁去上班，未出闸前，偶见一间小店正卖各色花衣，她立即走进去挑了一件，并走去洗手间换上新衣。从她传来的照片看，那是件黑底红花绿叶的圆领衫，上半部对开钮，腰间系带，从颜色到式样都很别致，为她增添妩媚。出了地铁站，又见一花店百花争艳，她心想："身为女人，何不买花自己戴？"于是走进去捧出一束红黄相融的金菊，这才高高兴兴地上班去。

两天后，另一友人传来靓相。她站于山顶一面装饰墙前，墙上图案由无数彩色六角形组成，内容奇特且不去说，单看色彩已极有艺术味，好似一幅精美披风，随时要包裹她，衬出她白皙的皮肤，显得人丰润漂亮。她温煦的笑容，来自那时那刻豁然喜悦的好心情。女人是感性动物，色彩总是带给女人美丽和快乐。

四十多岁时，曾有一位朋友来找我，她说看上一件花衣，标价三百九十九港元，要我陪她去看看，是不是值得买？看过之后非常喜欢，结果我也买了一件。这件衣服搭配不同外套及背心，穿了无数次。因为着这件花衣，相簿中留下许多美好回忆，自己认为那是生命中外形较美的时光。

不同性格不同教养的女人，虽对颜色有着不同感受，但美好的女人若懂得欣赏，将艳光色泽吸进体内，滋润神经，生理和心理都会得到调节，舒缓平和的情绪亦由此产生。

红艳甜柿

多年前深秋时分，我们去陕西半坡遗址一带游玩，那里大片火柿林好有气势，类似广东潮汕地区及四川内江一带的橘园，鲜亮红色无边无际奔放浓烈。我们一行年轻人吃了许多火柿，小小的果实，只要轻轻咬破皮，一口便吸尽果内甜汁。临走时，园主折了几枝叫我们带走。回到位于长安的家，不知怎样处理这些熟透的火柿，就随手往兔窝里扔了两枝。第二天早上发现大事不好，几只兔子全都躺倒不起。长辈责我们太儿戏，说兔子是被火柿胀死了。

此后我对柿子有了恐惧感，偶尔吃柿饼却不敢吃鲜柿。在北京生活时，大个冻柿之甜美无人不爱，但我也敬而远之。近日，家中收到一个礼箱，内盛二十八只日本和歌山富有柿，从柿园采摘后直接空运到港，只只红艳亮丽。

为了让家人安全享用这箱极品柿，我特意查询有关资料，发现柿子竟然营养丰富老幼皆宜，被列入世卫组织评选的健康水果前十名。

但有一点要留意，少吃柿皮，始终老年人消化功能趋退，还是少食为妙。现在明白了，当年兔子之死在于连皮大量吞食，造成肠道阻塞，人，当然不会这样没脑筋。

学子扬威

经济合作与发展组织公布了2012年"国际学生评估专案"测试结果,在六十五个参与测试的国家及地区中,上海学生连续第二次高居榜首。该测试在国际教育方面极具影响力,欧美国家对于亚洲地区学生的杰出成绩深感不安,美国教育部长及教育和经济中心主席就分别表示:"测试结果显示美国教育停滞不前,现行的美国教改破产了。"

有海外媒体质疑上海学生的成绩不能代表中国学生的普遍水平,但专家作出澄清,已经将学校品质的不同纳入考虑之中,从上海二百多所重点学校和民办学校随机抽选了六千多名学生参加测试。

中国的树人大业再一次得到肯定,对教育界是一次鼓励。华人子弟的好学不倦,一方面源于五千年璀璨文化的熏陶,"学而优则仕"观念深入人心;另一方面,是由于制度可行、师资优秀、家人期望等人为因素的推动。

学生平均水平标青(出众)的省市不止是上海,看每年高考成绩,江苏、浙江、福建、广东、北京、陕西等省市都出大批状元,每个省市都有盛产"尖子"的根据地,每个地区都有出类拔萃的学校。城市孩子勤读,农村孩子苦读,非亲眼目睹者不会明了其中的付出。

中国好学生基本功扎实,知识面广阔,他们是国家昌盛的希望,"今天的教育就是明天的经济",此话很有道理,教改扬利祛弊,就是为经济做贡献。

情殇错配

浓淡夫妻情

"这个女人真可怜。"近日在某报的专栏看到这句话。

"这个女人"是前高官的太太。

专栏作者指该前高官不断受绯闻缠扰,而此时他们夫妻手拖手面对公众,是在有目的地展示一段关系,似有将老婆摆上台面,将婚姻沦为助选工具之嫌。文章用到"可怜"这个词,除了对当事者的同情外,也含有蔑视的成分,无论读者怎样理解,这句话对这位太太都是一种伤害。其实,他们夫妻的感情到底怎样,外人又怎会知道?他们上有父母,下有儿女,也许,他们正经营着一个美满的家庭;也许,真的有问题发生……

说到感情这东西,到底有无浓淡之分?会不会好似红颜般,遭受岁月的摧残?看过多少专家的分析,听过多少男人的直言,答案都差不多:男女间的激情仅可维持三年!

那么,从浓热的爱恋之情转变到家人间的亲情,是感情的升华呢?还是一种无奈?

钱钟书将婚姻比喻为"围城",外边的人想进来,里面的人想出去。但从杨绛的《我们仨》一书中,显示他们夫妻感情融洽,钱钟书并没有从围城中出走的意图。

蔡澜用"最万恶的"来形容婚姻制度,不过,他转头又在赞自己的太太是一个好女人,也不见他要毁掉婚姻。

一位老教授,学问高深但节俭过度,连家中的日用品都要锁起来,为了节电,夜晚十一时准时熄灯,即使客人还未离开。

他那做护士的太太忍无可忍，常常脱下高跟鞋追着他打，又不断哭闹要离婚，要回娘家去，但打过哭过，日子照过，不见怎样。另一位老教授，平时与妻子相敬如宾，琴瑟和谐惹人艳羡。但在20世纪80年代，他著的两本书大受欢迎，将以七十高龄调往北京某大学之际，却同时与老伴办了离婚手续。婚姻中的曲折离奇看之不绝，言之不尽。婚姻里的感受，婚姻里的秘密，永远只属于当事人。当爱情的光热褪去，我们会奇怪爱情的风儿原本是从哪里来，又去了哪儿。

我家附近的歌和老街公园内，每天都有新人在那里拍婚纱照。此刻，每一位新娘都如公主般樱唇粉颊、星眸美目，她们心中的爱就像她们手中的清凉百合，纯洁完美，白璧无瑕。

旁观者，除了祝福还是祝福！

伤心母亲

她是我移居香港后结交的第一个朋友。我俩曾短时间共事过,她离职后,有时仍会约我倾诉苦恼。她虽已人到中年,但仍留着浓密的长发。她年轻时在私人诊所做姑娘(护士),斯文有礼,神情娴静,且爱好文学艺术,尤其喜爱台湾女作家三毛的作品,这也是我们共同的话题之一。她自认丈夫是被她"抢"到手的。其夫是家中独子,在一所中学教英文,高大英俊,婚前身边围绕着许多女孩,她能击败众情敌得到他实属不易。她确是一个有智慧有能力的女人,在丈夫竞选区议员时,再一次证明了她的不凡之处,助夫赢得了胜利。

原以为她家庭兴旺,生活将永远美好,不料丈夫很快爱上秘书,一个刚从大学毕业貌美如花的女孩。丈夫除了工作便是热恋,常常夜归,对她的痛苦视若无睹,一有争吵就喊离婚,喊离婚成了家常便饭,喊到最后,他喊变成了她喊。区议员任满,丈夫决定移民美国,她不想跟随,办了离婚手续。两个儿子,大儿子跟父亲走,小儿子随她留港。

在美国驻港领事馆办好最后一次有关手续,一家四口走出门外,眼见两子分离已成事实,她不禁热泪流淌,丈夫却在旁冷笑:"后悔了吧?"

一段时间后,她交了一个男友,是在尖东开工艺品店的。她的心情开朗了些,笑容也多了。其间,前夫曾携大儿子回港探亲,仍与她同住。返美不久,前夫即来信说知道了她的好,要与她重续前缘。她左思右想拿不定主意，朋友们也难以帮忙下判断，她去黄大仙拜神，求得一支赶快"洗脚上船"的签。她想既然神意如此，更何况日夜思念大儿子，情绪深受困扰，不如走吧！卖掉了在港岛与前夫的联名物业，与男友分手，带着小儿子踏上赴美之路，期望全家团聚，展开新的生活。

她走后约两月有余的一个午夜，我家传真机送出一张密密麻麻的信函。她告诉我，丈夫其实早已与一个北京女人同居，复婚只是要她卖楼的借口。幸好，她当时多了个心眼，让买家开了两张支票，二人平分所得楼款。无论怎样，离大儿子近了，内心感到安宁，她决定不回香港了，在前夫居住的美东这个城市定居下来。

潇洒走一回

第一次到她的店里去电发，就非常满意她的手艺，所以便成了她的常客。她是闽南人，来港十几年了。作家笔下的闽南女人骨格均匀身姿婀娜，她，正是这样一个美丽的健康女人。

她在家乡是一个政府招待所的服务员，与一个大学生相恋了九年。在中国改革开放的浪潮中，那个大学生不满足于现状，一心要到大城市去创一番事业，在她三十岁时，背弃要娶她的承诺，自顾自地走了。失恋的伤痛折磨得她生不如死，当嫁给香港新界原居民的姐姐回乡劝解她，让她也嫁去香港时，她同意了。

姐姐很快为她物色了一个男人，大她几岁，没什么文化，但忠厚可靠，她丝毫没有犹豫，一个月内办好所有结婚手续，立即申请赴港单程证。那个男人在元朗拥有两处村屋，一处自住，一处开了间小小的修车店，她嫁他的一个重要原因，就是看中他有房产，嫁到香港后不必太忧虑生活,爱不爱？她已不在乎了。来香港后，男人从未提过在他的房产上加进她的名字，他们结婚多年也一直没有孩子，夫妻生活平淡。她是一个有主见的女人，跟姐姐学会理发后，便自己租地方开铺头，凭她的心灵手巧，生意愈做愈好。

她有一个疼爱她的哥哥，见妹妹一心想做业主，就为她在家乡买了一间屋，首期哥哥出，余款由她自己慢慢供。丈夫不知她有了物业，见她工作的起劲，还以为她攒钱想在香港置业，不时提醒她别太劳累了，有地方住，不愁吃穿，还有什么不满足呢？对于这样一个漂亮的老婆，他心情矛盾，给她财产，跑了怎么办？不给她财产，她会不会心生怨恨？所以，他有时会跑去老婆的铺头，送个饭盒，或在门口晃两圈，然后又跑回附近自己的店铺继续工作，他的身后常常传来老婆店铺里常放的一首歌：红尘啊滚滚，痴痴啊情深，聚散总有时……岁月不知人间，多少的忧伤，何不潇洒走一回。

婚姻新形式

汤姆克鲁斯的妻子凯蒂近期突然提出"休夫",外界认为是二人婚姻的合约期满了。据说两人曾签下长达百页的婚前协议书,协议规定女方最少要做男方之妻五年,女方每年可得款三百万美元,换言之,两人结婚已六年,可拿到一千八百万美元,如果生下子女,则额外再给一笔款项。汤姆克鲁斯身家大约二亿五千万美元,千八百万对他来说数目不大,但女方显然志不在这个数字,据说她最终拿到了一笔巨额离婚费。

男女双方走入婚姻,建立家庭,必须有一定的经济作为基础,如果其中一方非常富有,他们便不愿意在婚姻关系破裂时,其个人婚前拥有的财产被均分,这样便有了"合约婚姻"的产生,这是一种介于传统婚姻和同居之间的新的婚姻形式。由于合约婚姻较易离婚,令不少妇孺成为受害者。以美国为例,近年来大约四个孕妇中便有一人堕胎,三分之一的婴孩为单亲母亲所生,由此产生了许多社会问题。

人类善于创新,善于改变,包括对爱情之盟的从一而终不再坚持,这令婚姻关系日趋多样化。中国人的婚姻也处于巨大改变之中,内地许多大城市的离婚率在百分之二十以上。国人在经历了试婚、周末婚、无性婚、闪婚等种种婚姻的尝试后,为降低离婚所带来的经济损失和精神伤害,对合约婚姻也产生了较高的需求。

百合花与花瓶

香港一位高官,有着三十多年的公务员资历,工作干练,经验丰富,但于 2002 年开始,不继被传媒揭发有婚外情,为免影响当时政府团队的诚信,这位高官辞去了公职,曾轰动一时。

当年,我曾参与此单新闻的报道,对高官太太所说的话留下深刻印象。他的太太是一位插花专家,对于记者的追问,她以插花作比喻:"我先生好比一枝百合花,好靓,我是一个花瓶,我们插在一起很漂亮,但因百合花好靓,插在第二个花瓶也很靓,所以很多花瓶都想同百合花插在一起。"

据说这位太太不仅 IQ 高,而且低调贤惠,始终默默站在丈夫背后,照顾两边家人,让丈夫可全力工作无后顾之忧。事过境迁,如今这位高官已被邀加入新一任政府班子。谈及往事,他眼泛泪光,说婚外情事件发生后承受好大压力,最困难的不是面对传媒及作出辞职的决定,而是不知怎样面对家人:"至亲人士所受的伤害,不是我讲句'我负责'就可以弥补到!"

伤害过的感情再如何弥补,也难以百分百恢复以往的真挚。做丈夫的有时会看着家门外的女人美,别人的妻子好,为妻者也同样。感情的事往往身不由己,追求真爱本身没有错,但需要深思熟虑,妥善处理好各方关系。太多的谎言和欺骗,既玷污了婚姻,伤害了身边人,同时,也会因此丧失了为人处世的基本品德。

蜻蜓圆舞曲

　　一对蜻蜓翅膀相连，好似情人般手牵手，在夕阳的光辉下，于泳池的水面上翩翩起舞。它们忽高忽低，动作优美地旋转打圈，热烈欢快地跳着三拍子的华尔兹圆舞曲。它们酣畅自由，生机勃勃，展现着奔放的情感，看得我呆了，一股暖流在胸间奔涌，泪水不自觉地胀满了眼眶。

　　这对蜻蜓飞舞中不时点水，如果是为着产卵，那可千万不要，卵产入泳池中，有可能进入泳客的口腔，或被漂白粉浸蚀，是孵化不出幼虫来的，还是另找隐密的地方吧。那样的话，幼虫可以爬到水面的树枝等漂浮物上，就可以成活了。但愿这对美丽的蜻蜓并非产卵，而只是相恋的即兴表演。

　　动物界的异性相吸充满着浓情蜜意，一样多姿多采，蜻蜓相爱是如此飘逸欲仙，多年前在澳洲墨尔本看企鹅归巢的夜景，也是美妙非常。健壮的企鹅大清早便出海寻找食物，将自己的肚子吃得几乎胀破，然后于夜晚成群结队地游回小岛，摇摇摆摆地回家，将食物吐出来喂食妻儿老小。有的是夫妻档出海觅食，可以相互关照。有的单身雄企鹅回巢时，会遇到"寡妇"或单亲雌企鹅中途拦截，"到我家来吧！我是这样爱你和需要你肚中的食物。"意志坚定的雄企鹅会左避右闪逃回家去，意志薄弱的便过不了这"美人关"，忘记了正挨饿的妻儿，钻进了另一个温柔乡里。

智勇追君子

如今再不是"窈窕淑女，君子好逑"的男士主导婚配的时代了。香港一项调查发现，九成女性遇到心仪男子会主动出击，有些不好意思当面问，便发个类似"你喜欢我吗？"的短讯，对方有反应便相约见面，没反应就拉倒。

女子能否将男子追到手，缔结美好姻缘，要看该女子的智慧。我有一个北京老乡，便是个"女追男"的高手。

她没读完高中就被分配到工厂当工人。不久，一群大学生下厂锻炼，她看上了一个学画画的。她最拿手的是包饺子，那饺子包的千变万化，好吃的很。每天带午饭，她悄悄多带一饭盒，塞给那个大学生。别人知道又怎样？只想给他吃！她后来每说及此"妙计"，就朗声大笑一番。

那大学生家不在北京，熟络后常去她家吃饭，就这样成了她的老公。老公先来香港打拼，再接来他们母子仨人。老公为一家日本公司设计玩具模型，收入不错。又参加香港区旗区徽的设计，得了奖，当她说，要陪老公回北京，去人民大会堂参加颁奖仪式领金牌时，我真佩服她当初的眼光及勇气，一位才子成了她的"囊中物"。

两个儿子长大后，她在家里闷得慌，就去当售货员，卖女装内衣。问她做的怎样？她说太开心了，天天站在那里看顾客，还真是没重样的！说完又是哈哈地笑。

女人非宠物

　　上周在某家中国银行，听一位妇人与银行职员长时间交涉，大约是如何转换钱的问题，职员声明人民币须先转为港币，然后才能转换美钞，而且每日有数额限制，妇人听不明白，一问再问。

　　妇人打电话向老公通报，大声向对方转述银行规定，建议老公，不如将你的几笔钱先存入我的户口，以后我再慢慢转给你，否则我无法帮你办妥。不知其老公是不在香港，还是另有什么问题，老公无明确答案。我离开时，那妇人仍在"磨难"银行职员。

　　夫妇共建家庭，经济上不分你我是理所应当的，为何许多夫妻将金钱分为你的我的？见到有些丈夫，每月给妻子一笔家用，好像发工资似的，钱够用算你好彩（运气好），不够用也无追加，因而造成家人间的冷战，积怨日深，离心离德，永无宁日。

　　有些男人口袋里有大把的钱，公司、物业都在自己名下，但老婆无份，高兴时送件礼物给老婆，还被人赞是"爱妻"，实则他对情人出手才是真大方。而有些女人在外赚钱，常被人称为"买花自己戴"，这钱真的收进自己口袋，只会向丈夫伸手要家用，那也是不可理喻。

　　如今许多女孩子找意中人，情投意合不是先决因素，有楼有钱才最重要，理直气壮要对方"养得起我"。女人非宠物，为何要别人养？真嫁了个富有的，他坚持财政独立你又能拿到多少钱？

豆腐白菜之爱

朱自清写他从十一岁起的择偶经历,一点儿不见沉重感,因为在那个年代,娃娃亲和包办婚姻是很普遍的事。我父母便是自幼订的亲,那年父亲只有七岁,母亲小两岁,由于爷爷和外公是好朋友,一句戏言就为二人订下了百年之好。

两家人住得较远,父母自有记忆起再未见过面,直至父亲十九岁那年,坚持要退婚。外公已不在人世,爷爷不想理睬这件事,父亲的哥哥只好做丑人,出面找到母亲的家人,提出这难堪要求。母亲的细叔公(小叔公)大怒:"我家丫头不是豆腐白菜,你们想要就要,想不要就不要!"闹到后来,细叔公提出,退婚也可以,但要摆两席酒,并登报声明。

当时,母亲家人已打算届时推翻酒席泄愤。母亲那时已在上海某纱厂工作,十七八岁的年纪,穿着一件玫瑰红的薄呢旗袍,父亲在包房帘后偷看到了,怎样也不肯出来敬酒,细叔公等得不耐烦,在帘外拍桌拍凳地闹。

母亲的表姐嫁在南京,夫家有钱有势,表姐是见过世面的人物,她见情势不对,站起来说:"两个年轻人各自东西,不如给个机会,让他们先见面谈谈好吧!"结局可想而知,郎才女貌岂有不两心相悦的?

退婚宴变成了订婚宴,父母转年结婚,六十年伉俪情深,直至 2010 年父亲撒手人寰。所以爱情这事不必太细究,心里喜欢,豆腐白菜也是佳肴珍品。

不忠诚

一名聪慧的女孩，在她读小学时，父亲与她订了"读书合同"，每晚一起读书半小时。坚持五年，读书近百本，女孩品学兼优，而父亲却突然有了"小三"，因之抛弃了家庭。

父亲是一家制衣厂的老板，生意有声有色，但有了"小三"后，几年下来，竟以破产告终。"小三"卷走剩余财产，父亲走投无路，回家跪求妻女收留。女儿憎恨这个曾经的正人君子，她发愤读书，考取了北大，要向父亲证明，没有他，她与贫病交加的母亲一样可以活下去。

父女的和解一波三折，曾经一起读书的良好基础，令一家人又走到一起。父亲悔不当初，决定东山再起。女儿目睹父亲的不忠诚后，对以前所读书中的一句话非常感慨："不忠诚的人将一无所有，忠诚的人将获得成功。"

一名"小三"转正做了妻子的女人说："他以前为了和我在一起，对老婆特别会撒谎，闹离婚的时候，他老婆才知道我们在一起已经三四年。现在轮到我担心，他那时能哄得住老婆，现在不也是在骗我吗？"

这个女人与好不容易到手的丈夫维持着婚姻，但却有心计地积攒着个人名下的财产，又常常在外说他的坏话。不忠诚的男人遭遇不打算忠诚的女人，若又没有一位优秀的儿女为他兜着底，到头来可能真是一无所有。

金裤带

大太太生于中国广东省的潮汕地区,十六岁就嫁给了邻村的一个小伙子。肚里的女儿还未出世,丈夫便随做中医的父亲下南洋到了泰国,父亲在曼谷病逝后,丈夫便子承父业,继续中医行业。

与丈夫分离十五年后,大太太听从家婆的安排,留下女儿,只身漂洋过海寻夫。在海上漂了多少天?她一直没有搞清楚,那是不分昼夜的日子,受尽苦难,九死一生。当到达曼谷,见到丈夫和二太太、三太太,以及二太太生的两个儿子,三太太生的一个儿子后,她的眼泪流个不停,终于活着见到亲人,人生还有什么不满足?

大太太像其他潮汕女子一样,敬老爱幼,吃苦耐劳,丈夫就是她的天地,丈夫的话一言九鼎,只要丈夫吩咐,便全力以赴。她尊称丈夫为老爷,她的温柔,激起老爷的无限爱恋,她煮的饭菜,解了老爷的思乡愁绪。他们如同新婚般甜蜜,若干年后,他们又生了一个儿子三个女儿。

老爷的医术远近闻名,尤其擅长医治肝病及风湿骨痛。曼谷老一辈华侨不少人都因经营生意有方,过上了富足的生活,他们习惯看中医,有了病,抓几副中药,或者针灸一下,如果病有起色,人感觉舒服,便很舍得花钱,除了付诊金,还会送上极有"份量"的红包,老爷因而日渐成为有钱人。大太太来前,老爷已买下两间五层高排楼,一楼打通,作为客饭厅,厅两边保留楼梯，大太太与二太太各占一边。全屋都是从缅甸进口的硬木雕花家什，客饭厅以一排镂空木架分隔，木架上错落有致地摆放着多个形状有致的药壶药罐。老爷的另一处房产是旧式骑楼，是他父亲在世时买下的，楼下开医馆，楼上给三太太住。大太太来后，老爷逐渐将大部分现金交到大太太手中，由她安排家中各项开销。

　　大太太对所有孩子一视同仁，三太太的儿子多数时间也住在大屋，与兄弟姐妹们在一起。大太太节俭持家，在20世纪六七十年代，陆续为四个仍在读书的儿子买下四幅地，她不断提醒儿子们：你们的父亲要你们做医生，将来挣到钱就自己去盖房子吧！潮汕人喜欢儿孙做医生，老爷的一个远房姑妈，五个儿子都是医生，其中一个在曼谷读不到，便到德国去读，读完再回曼谷工作，老姑妈因此颇富裕，出手送礼常常是一只金戒指。苦心终获好报，老爷的四个儿子聪明过人，读书用功，个个读名校，真的全部做了医生。多年后，四所房子盖得一所比一所漂亮。

　　二太太与三太太都是泰国人，她们曾冷眼相看大太太的得宠，但日久见人心，她们感受到大太太的善良及宽容后，也认同由她当家是合适的。二太太曾是个裁缝，全家人的家居便服和孩子们的校服，全部由她制作，省下一大笔开销。丈夫说二太太虽有些木讷，也不会煮潮州菜，但安分守己，从未惹事生非。二太太的一个儿媳美艳时尚，在家里喜欢一丝不挂到处行走，二太太去住了几次便不愿再去了；另一个儿媳太爱清洁，下班回来不停说这里不干净那里不干净，二太太宁愿住回自己的老屋自由自在。进入老年，二太太变得无所事事，看到大太太仍在为老爷加工药材，有时在石盅中一下一下没完没了地捣碎些什么，她便走了开去，在前门后门巷里巷外像无头苍蝇似的乱转悠。她最期盼的是大太太的三个女儿轮流回来陪她逛街吃东西。

大太太在泰国生的三个女儿也都考上名牌大学，两个是药剂师，一个是会计师，都嫁了好人家，生活无忧。为了补偿大女儿，大太太很早便将大女儿唯一的孩子，即她的外孙女接来泰国，外孙女那年十八岁，在家乡没能考上大学，来到曼谷后，大太太立即为她请了泰文教师，嘱咐她什么也不用做，学好泰文就行。外孙女后来嫁给一位富商做外室，那人的祖籍也是潮汕地区，年过五十并无一男半女，外孙女嫁过去接连生育，很受丈夫宠爱。

三太太是三个妻妾中读书最多的，嫁老爷前做过会计，所以家中许多对外事务由她打理，孩子们读书时学校里有什么活动也皆由她出面。她的身体比较瘦弱，除了逢年过节或祭祖跟老爷回大屋外，通常都留在自己的房间里鲜有外出，年过七十，便静静地仙游了。老爷曾对孩子们说，三太太是他的泰文先生，是他的贴身"护士"，没有三太太，他不可能赚到这么多钱。三太太走后没几年，二太太也走了，再下来，便轮到老爷生命的终结。老爷留下遗嘱，待大太太百年后，大屋由大太太的儿子和二太太的儿子三人均等继承，医馆处旧居则留给三太太的儿子。

大太太的晚年生活安宁快乐，四个儿子继续定时送家用，子孙众多，不是这个回来陪她便是那个回来陪她，完全不感寂寞。大太太走的时候八十八岁，她的葬礼是四个老人中最隆重的。葬礼过后，律师送来一个信封，里面是家中保险柜的钥匙和密码，以及一张简单遗嘱："银行余款由四个儿子均分，金饰由四个儿媳、三个女儿、一个外孙女平分。"

家中这个笨重的保险柜年代久远，虽是大太太专用，但老爷生前也将重要财物存放在里面，家人估计大太太一生节俭，可能积蓄下一些财物，但到底是什么却没人能猜得到。当保险柜打开时，首先见到的是两本银行存折，一本是儿子们近几年月月拿回来的家用,另一本是老爷留下的积蓄,她平时用来开销度日,剩余已不多。存折下是一个花布包,沉甸甸的,大儿子将其摆放在桌面上,从里面取出……啊!金裤带,再取出……啊!又是金裤带……一连八条,每条重一公斤,分别刻着儿媳、女儿、外孙女的名字,八个女人当即跪坐在地板上,哭着喊:"老嬷(潮州人对曾祖母的称呼)啊!老嬷啊!"所有人被大太太对儿女的爱心深深感动!

曼谷郊外某处风水宝地,座北向南竖着四尊石碑,老爷与大太太居中,二太太、三太太分列两边,石碑下是四位老人的墓穴。大太太的忌日,是儿孙们一年一度最大的聚会。当日清晨,十几辆私家车从四面八方汇聚到这条通往墓地的小路上,车上载着猪鹅鸡鸭,时令水果。到了墓地,先清理环境,然后插上鲜花,摆好祭品,全家大小依次给四位老人跪拜上香,再给老人烧去多多的金银元宝。待全部拜祭仪式完成,便从车后箱拿出刀板,将猪鹅鸡鸭斩件,大家席地而坐,一起品尝。闲谈中,不免提到金裤带:金价升的这样快,每条价值过二百万铢了吧?头上的树叶沙沙作响,好似大太太轻柔的笑声。

画外美人

古代男子见到美貌女子便欲占为己有，像唐代有个《画中美人》的故事，说进士赵颜从画工那儿得到一幅屏障，上面画着一位天仙般的美人儿，赵颜说如果她能变成真人就好了，我愿意娶她为妻。画工说这女子叫"真真"，你昼夜不停地叫她一百天，她会答应你，然后你用百家彩绸烧成灰后所泡的酒喂她，她就会活过来。赵颜照画工所嘱去做，真真果然活了，做了他的妻子。

我们在书中所见，古人的相爱及婚配似乎非常单纯，就像我们观赏古迹，只见亭台楼阁月亮门百叶窗，不见灶台茅厕污衣烂衫，嗅不到一丁点儿俗气臭气，想象中那是多么洁净美好的境地！

相比之下，现实社会中的男欢女爱婚配嫁娶则复杂得多，甚至乌烟瘴气。近日，武汉一位新郎被女方家人要求拿出五千元的首饰当做"入门接亲费"，新郎与伴郎身边只带了两千余元，新郎恳求接完亲后再补上，女方不同意，新郎大怒，让花车全部回酒店，这个婚不结了！新娘穿着婚纱坐的士追到酒店，被逼跪在地上学狗叫，求了两个小时都没能进门。

男子多财，女子貌美，必有追求者，但财色未必能带来一生的幸福，自私任性自然多了丑态恶行，倒不如相貌平庸，但顾大体明事理的男女得到的幸福更多些。

画中人可随意描绘，画外人却须相貌贤淑兼备，方有较高价值和完美结局。

竹门对朱门

几年前，有位男艺人抛妻停工狂追豪门千金，终于称心，二人携手环游世界，过着只羡鸳鸯不羡仙的日子。男艺人虽是"竹门对朱门"，但豪门千金甘心洒金钱与之同乐，两年来爱得痴缠，近期却突传感情生变闹分手。

男艺人或许是感觉到豪门千金对他的爱在降温，姻缘机会渺茫，又想到自己不工作专职拍拖，一旦分手该如何生活，不如赶快要些实惠的金钱物质傍身！据说男艺人提出买铺买屋，吵起来甚至讨要千万分手费，竹门贫寒显露，毫无尊严。

一位阔太曾为留学海外的儿子爱上一位台湾少女而烦恼，认为女方年龄比儿子大、没家底、不漂亮、学历普通，两家人是"朱门对竹门"，何来共同语言？为下一代着想，还是早日分手为好。但儿子正爱得热烈，哪里肯听。

三年过去，儿子态度有变，强硬提出分手，女方精神承受不起，哭闹得死去活来。妇人动了恻隐之心，劝儿子说："你妈也是女人，不要太刺激她了，慢慢来吧！"儿子竟说："我又不是存心伤害她，没感觉了，还拖下去干什么？"朱门之气盛说一不二。

恋人分手，民间总说是丈母娘看不起女婿，家婆相不中儿媳，为财生变等，其实都只是客观因素，如果有真爱，是任何原因也拆不开恋人的。不过，现实中的"门当户对"还是要关心，太高攀或太低就，往往会令爱情短命。

不钓金龟婿

以往的大多数婚姻,都是男方掌握主导权,原因是男方的高学位或高收入令他们拥有较高的地位。女方有时为了保住家庭,维持孩子们的原有生活水平,不得不容忍男方的粗暴无礼甚至不忠,这是旧式的所谓男尊女卑的"市场婚姻"。

时过境迁,随着女性接受高等教育的比例不断提升,以及在职场上不输于男性的工作表现,男主外、女主内的婚姻内容发生了极大的转变。

男女实力相当的结合,如大学同窗,智商是在同一水平线上,双方皆属优质人才,都具有较高的赚钱能力,夫妻共掌经济大权,对家庭贡献平分秋色,这类婚姻男女地位平等。

美国 NBA 明星运动员乔丹,与妻子识于微时,结婚十七年,生下三个孩子,乔丹拿出一亿六千八百万美元的巨额离婚费,"安顿"她成为前妻,如今梅开二度另娶年轻美女,展开另一段人生。

现今的出色女性,有多少想着要钓一个"金龟婿"?找不到好男人,做单身贵族,只拍拖不结婚,也是一种生活方式。或者,选择比自己年轻的结婚对象,从伴侣那里摄取蓬勃朝气,也不是不可以。这都好过与一个花心阔佬或者窝囊没本事的男性虚度年华。

婚姻的基础是爱情?这很容易成为"过去式",现实中的经济利益影响人们的观念,"市场婚姻"才是婚后生活模式的决定因素。

离不离婚？

前几天，见到一位熟识的女人带着个十几岁美少女，她介绍说："这是我女儿，刚从绍兴来，你看长得像我吗？"我盯着女人的眼睛看了一会儿，以为她是在说笑，因为我认识她老公及四岁的女儿，从没听说有一个大女儿啊……

女人悄悄对我说："真是亲女儿，与前夫生的。"原来她曾与前夫在绍兴开过一间广告公司，她回福建家乡生孩子期间，丈夫爱上另一女人，他要求妻子给他半年时间了断婚外情，但拖了一年无结果，她便赌气提出离婚，将女儿及房子留给前夫，因为相信前夫学历高可以教好女儿，她回到家乡两个月后便嫁了个香港人。

她说为了这女儿，她每年去绍兴一个月，花掉在香港一年的积蓄，"我不相信爱情，只相信骨肉情。"但又补充一句，"当年太气盛了，不应该离婚！"

另有一位主妇常被性情暴躁的丈夫打，但为了孩子一直哑忍。她私下求助社工，社工对她讲了一则案例：某个暴力家庭解体后，孩子们的性格日渐开朗，甚至问母亲为何不早点与爸爸离婚？

主妇内心明白，自家孩子在不愉快环境中成长，都有忧郁症倾向，如果能让他们不再目睹和经历暴力，当然是好，但她是一位传统妇女，从一而终的观念根深蒂固，离婚这一步却是怎样也迈不出。

那个离了婚的女人在后悔，这个不离婚的主妇仍在遭受磨难，痛苦的婚姻到底该不该离呢？

最恨是谁

先后读到两个故事，竟有着部分雷同的内容。

某位知名设计师回忆读大学时，曾在心理学教师引导下闭目沉思：一生中，最恨是谁。

思来想去，给他带来最大烦恼的是父亲。父亲稍挣了些钱就花天酒地，除了外边不间断的女友情人，还带了个"小妈"回来，妻妾共生了十六条化骨龙（贪吃的小孩子，谦称），纷繁的家事是他少年时期心灵的至创伤口。十分钟默思过去，当抬起头来，他满脸泪痕。

另一位男艺人，说他童年生活曾经幸福，但父亲发达后，便抛妻弃子与公司另一个女人过起了同居生活。母子五人交不起租，回到外婆家，每到夜晚，四张凳上加块木板就是他们的床铺。他十一二岁年纪，为家庭生计，清晨三点半起身去酒楼搞清洁、卖点心，然后再去上学。生活实在难捱，找父亲讨要一二百元，父亲都不肯给。他说父亲"好衰"，毫无责任心。

这两个故事里父亲的作为，在现实社会时有听闻，他们放纵情欲，只顾眼前享受，不理家人伤痛，对家庭更无长远打算。我便曾亲眼见过一个男人，他开有一间铝制品厂，有辆小货车，妻儿在香港住公屋，他却在内地装阔佬，对包养的上海妹呵护备至，甚至出钱给她在深圳另开一厂。此类坏男人仅是雄性动物，不配拥有"父亲"的称号。

幸好，含辛茹苦养家的好父亲还是大有人在，否则，这个由家庭组成的社会又怎样维持下去？

不知丈夫心

近日细读胡兰成《今生今世》最新版本,对于此散文体自传的文笔之优美雅致,人物刻画之精湛,深为惊讶、惊叹!

全书八章除首章是回忆少年生活外,其余七章以情感贯穿,描述了与八个女子的相遇相爱,包括与张爱玲的三年婚姻。

胡兰成与张爱玲相爱期间,本身已有妻妾及一群儿女,但他在武汉时,又与一名十七岁的女护士相恋九个月。日本投降后,他被视为汉奸遭追捕,在隐姓埋名逃难途中,仍不忘谈恋爱,更与助他亡命躲藏的女子结婚。单是这三年就有如此多感情纠葛,难怪会激怒张爱玲与他一刀两断。

胡兰成直言,在战乱惊险中与众多女人结为夫妇"有利用之意",而且,他多次在书中提及情感上的半真半假,甚至借用李白诗句"永结无情契",说"我就是这样一个无情的人"。不过,胡兰成笔下那些倾慕他学问风度的女人,仍在赞他是一个好夫君。

胡兰成初到日本,举步维艰,他爱上女房东一枝,一枝在生活上照顾他,他们相爱期间曾共作一诗:"情比他人苦,意比他人坚;相守越风涛,相约舞阳春。"一枝是有夫之妇,仅"相守"了三年便遭胡抛弃。

胡兰成最后一位妻子,是旧上海黑帮老大的遗孀佘爱珍,在日本与他共度晚年。佘是个敢作敢为的率性女人,胡视之为"贵人",但佘有句"名言":"穿破十条裙,不知丈夫心。"

离婚不痛苦

近月连续爆发名人离婚的新闻。

俄罗斯总统普京夫妇在克里姆林宫观看完芭蕾舞表演后通过电视频道宣布，两人已结束三十年的婚姻关系。俄罗斯七成民众认为普京是一个活生生的人，有权选择自己的生活，"诚实远比伪君子好"。

美国传媒大亨默多克和妻子邓文迪，向纽约州高等法院提出离婚申请，拟结束二人十四年的婚姻关系。《福布斯》2012年估计默多克的资产约为九十四亿美元，邓文迪可以拿到多少，成为公众关心的话题。

无论地域、年龄与地位，现实中的婚姻是愈来愈脆弱。美国、英国、加拿大等西方大国的离婚率都在五成上下，平均约两对夫妇中就有一对离婚。中国大城市的离婚率也在三成以上，并仍在不断攀升。显而易见，经济富裕文明程度相对较高的国家和地区，离婚率也愈高。

一纸婚书本是男女之间签订的一项契约，双方须遵循契约履行一定的义务。问题是，当人们不能坚持忠贞承诺，不想再尽婚姻责任，甚至认为婚姻已成为一种束缚时，就有了摒弃契约的愿望。

离婚缘由各异，但爱意消褪，甚至相互嫌弃是共性原因，就像普京所说："我们几乎不见面，各自都有自己的生活。"默多克与邓文迪也是早已分房而居，形同陌路。夫妻都不想碰面了，又何必再绑在一起？这种离婚双方都不会有痛苦。

潮州人娶妻

有一年去汕头,所住酒店表演厅正巧有容祖儿的演唱会,朋友买票邀请我们观看。同坐第一排的有个当地人家庭,包括夫妻及三个孩子。那位潮州女人看来温柔娴淑,对丈夫恭顺有加,一直照顾着两个女儿,丈夫则从头到尾抱着儿子没松手,挺有潮州爷们儿的威严。

都说潮州女人刻苦勤劳,尊老爱幼,我是比较相信的。丈夫凶也好,穷也罢,潮州女人对家庭都是忠心不二。我所见的一位潮州女子,相夫教子几十年,丈夫有钱,她却是一件像样的衣衫也不舍得买,朴素如一众师奶。她的厨艺一流,曾教我做卤味:少许水,放各种调味料,煮滚后放入预先用盐揉洗过的鸡、乳鸽等,中火煮二十分钟熄火,浸泡二三个小时,吃时斩件上桌,做法简单口感嫩滑。

香港娱乐圈有不少潮州籍美女,像周秀娜,十岁时随家人来港,她在香港读书工作,成为渐有名气的模特儿及演员。像郑秀文、蔡少芬、杨千嬅等更是女子中的佼佼者,演技、歌艺备受赞誉。而张玉珊、陈妙瑛等,从事商业也是有声有色,不让须眉。

一些潮州男人视妻子如下属如家佣,训斥教导仍嫌太笨,甚至拳脚相向,尽管如此,他们娶妻首选还是同种人。有时听他们评说外地女人:"不像个女人,粗俗冷漠,孤傲妖媚,不会冲茶,不会炒蛋,糟蹋海鲜……"那不是变相在称赞他们潮州女人吗?

忠贞不二

据传康熙末年时，青县有一少妇与丈夫形影不离，两人嬉笑取乐旁若无人，夏夜夫妇就睡在瓜园里不回家。少妇被人看不起，指责她风骚淫荡。不过，少妇对别的男人却是冷若冰霜，严厉拒绝他人的挑逗。

少妇后来遭遇强盗，为保贞操身中多刀，含恨而亡。阴间官员见她贞烈，判她来生中举当县令，少妇太爱丈夫，不肯做官，请求做个自由自在的游魂，可以长年陪伴丈夫。阴间官员说："人间多少女人不能忠于丈夫，你太令我感动了，去吧！"从此，少妇回到丈夫身边，昼隐夜来，如此持续了二十年。

一看就知，这类传说多数是男人们编造出来的，他们以三从四德、三纲五常等封建教条束缚女人，要女人做他们的附属品。丈夫可以三妻四妾，但女人做了鬼也须坚守其忠贞不二的品性。

看《甄嬛传》中的皇帝，身边围绕着大批女子，这些女子为了能与皇帝同宿同膳，将后宫弄成个明争暗斗、尔虞我诈的血腥世界。

《甄嬛传》的原著作者及编剧是同一人，她是个八零后女子，她将后宫中那群貌美如花女子的心态、智慧，以及她们为了争夺荣华富贵的谄媚、狠毒写得赤裸裸，可以说，中国女性的美与丑都汇集在这部戏中，展现在世人的面前。

古今不同的是，蕙质兰心的古代女子追求不到真爱，仍选择忠于丈夫；钟灵毓秀的现代女子追求不到真爱，宁可转身离去。

不动声色

他被生意伙伴拉去夜总会玩至凌晨,当他忐忑不安地走进家门,发现他的名牌时装被剪碎,散落在地毯上,她侧身朝墙睡着了。

他与一个服务业女子有交往,非常隐秘的事,她仍是知道了。她找了个理由,要与这个女孩说说话。锁上房门,二话不说,上去几巴掌,问那女孩,你知我是谁?如果再敢勾引我老公,要你的好看。那女孩再疼也不敢喊叫,事后速速辞工,消失无踪。

他和一个少女情投意合,关系愈走愈近,有人告诉她,这二人有不少亲昵动作。她劝丈夫不要再和人来往,以免惹来闲话。丈夫恼羞成怒,大吵大闹,指责她管的太多。她并不反驳,走去家婆房间,一会儿,老太太把儿子叫进去,指着他说:"今天为个外人跟你媳妇过不去,明天为个外人还不踩到你娘头上来了。"

家婆手上豌豆般大的绿宝石、颈上K金镶嵌的翡翠观音,都是她买来孝敬老人家的,她赞家婆虽没文化,但在大是大非上绝不糊涂,小家庭、大家族得以兴旺,家婆功不可没。她更明白一个道理,孝子多是好丈夫,所以她鼓励丈夫孝顺老娘,早晚问候,安排贴身看护二十四小时照顾,丈夫以"孝子"扬名生意场,赢得诚信更胜金钱。

她顾全丈夫自尊,决不当面顶撞,伤感情的事也不会揭穿,宁可私下处理,不动声色以退为进。

仪态万方

何鸿燊有四个太太,常被女性用来说事:"你以为你是何鸿燊哪""你看人家何鸿燊是怎么疼太太的……"

有一年去香港演艺学院观看亚姐选举,在演艺厅外见到何鸿燊与二太太蓝琼缨,他们站在那里与朋友寒暄。二太太轻挽丈夫手臂,虽已年华老去,那份高贵自在的气质仍是非常出众。记得当时刚读过黄霑的一篇文章,文中提到蓝琼缨心思蕙兰颇具才华,心情郁闷时,便寄情文学诗词。

普天下的女人,包括富贵女性、知识女性、民女村妇,谁不期望如卓文君《白头吟》中所唱,"愿得一心人,白首不相离"?但现实世界复杂多变,人的思想感情更如流动的水,奔驰的车,分分钟遭遇新情况,难免不产生异样,除非自身有足够的定力,否则,外人又怎能控制得了?

丈夫花心多情,妻子会心碎,或自闭郁闷,或寻死觅活,这都是自然反应,有些男人不厌其烦,有些则无动于衷,对妻子的哭闹当马戏看,因为他内心正得意快活着呢!有一人甚至对抱不平者说:"你一个写文章的人,不明白我对她(第三者)的感情""她(妻子)占有欲太强,是十足十的怨妇。"

怨妇的那个"怨"字,就像我孙儿们近日常说的一句:"傻了巴叽!"女人不自爱别指望谁来疼你,何鸿燊的太太们平和又聪慧,没一个怨妇,所以仪态万方。

昙花一现

从出生这一天走向死亡那一天，是人生的必然途径。活着时好好感受一切才是最实际的。

生命是人生的主线，包括了健康、家庭、事业、财富等，这些内容都是外在客观的，人人看得见。感情则是人生的副线，隐藏于心底血脉中，他人未必看得明说得清。

看似郎才女貌的一对璧人，在岁月的洗涤下，昔日的所谓爱情，也会褪色。一旦新欢出现，立即投怀送抱痴缠不休，也算是情感发展的正常现象吧！我的一位外姓小妹，其夫年少俊杰，前往某国深造不久后，即单方面提出离婚。小妹欲赶去问个究竟，但因她在特殊单位工作，需经两年所谓的"解密"，才可申请出国。

小妹的公婆探望儿子返国后，带着数万元来看孙女，他们抱着三岁孙女痛哭流涕，却没有什么话可以转达给儿媳。有什么好问，有什么好说呢？

小妹两年后与同单位一位鳏夫重组家庭，他有一个儿子。我再与小妹重逢时，看她生活过得还可以，谈笑自若，她心灵深处到底爱前夫抑或现夫，又干别人何事？

刘培基最近在访谈中说："有时激情比爱情重要。激情是昙花一现，这种花永远都不见光，但依然灿烂、美丽、动人，枝繁叶茂。所以我只爱开一夜的花。"

激情、爱情、友情、亲情……在生命的每一阶段各有侧重。不过，到人生结束时，万般皆空，什么情不是昙花一现？

剑刃自身

他新闻触角灵敏,下笔如有神助,有天赋又勤力。话语不多的他颇为顾家,我曾在一位未婚大龄女子面前称赞他:"这是个好男人。"

不知女子是何时将他追到手的。有时办公桌上电话声响起,拿起"喂"一声,对方听不是他的声音立刻收线;有时午夜收工,楼门外闪缩的身影,隐约看到是她在暗处等着他。有一次,他母亲打来电话,厉声询问他的行踪:"出差?到哪里出差?"

与他同事多年,工作上已很有默契,私下里说话也较直接,曾问他,这样下去,被太太知道了怎么办?他声音小到几乎听不见,大概意思是,会好好考虑一下。

他有位能干的太太,儿子也懂事。那年,他给我看一家三口逛公园的一组照片,我说有一张合影特别好,第二天带了相架给他,心里是希望他能将相架摆上桌,一是堵堵别人的口,二是多看看妻儿,但没见他摆出来。

有一段时间,他精神极差,头发一块块脱落。明白他终归纸里包不住火,有事发生了。有一天,他突然小声地说:"分手了,虽然感情已很深……"我无话可说,次次都是为那女子辩护,现在分手为时已晚。

对于他极不寻常的结局,心存内疚。他与她起初并不熟识,是不是一句"好男人"的话语,引发了她的好奇、倾慕,或者"垂涎"?如今好男人不易做,万花丛中过,都可能剑刃自身。

不嫁也好

邻家大姨终身未嫁，不是她不想嫁，是以前的东北大户人家有个习俗，大女不可嫁。大姨随妹妹、妹夫来到北京，帮他们操持家务、照看孩子。妹妹学历高，娇贵的像个大小姐，心理上将姐姐当母亲般依赖。大姨八十几岁善终，全家人都很伤心。

在曼谷结识了儿子幼稚园的校长，婆母说她以前与我家老爷交情不俗，言语中充满尊敬。在我看来，这个女人性格爽快，对人对事都是一片热诚。校长有个英俊的儿子，当年所见，应是在十七八岁的年纪。

校长从未嫁人，也无生育，儿子从何而来？有说是她妹妹送给她的，也有说是她抱养的。无论怎样，校长对儿子爱得不得了，总担心他的安全，有一次听人说了句"线最容易从细的地方断"，吓得脸色都变了。

校长妆容精致，美人迟暮盛年仍在，脸颊还是润润的，想她年轻时石榴裙下必不乏追求者，她竟独善其身？她独自将幼稚园经营得有声有色，每次在外奔忙回家，女佣即送上冰镇蜜糖水，开餐时，可口饭菜端到眼前，她像女王般享受工作和生活，儿子则是个十足的王子。

有些是可嫁却没嫁的，有些想嫁却又没能嫁的，日子也不是过不下去。曼谷一位胖胖的中年女子，师奶衣衫语声朗朗，她开有汽车轮胎店，生意打理得头头是道，身家丰厚，她说年轻时没人肯娶她，自己寻生活也挺快活。

月亮，酸了

在外省大学任教时，曾与李老师全家同住一套房，李老师其实不教书，是军官转业，在学校行政部门工作。他父亲曾参加国民党，上过黄埔军校，因出身"不硬气"，所以他比较沉默寡言。

李氏夫妇有三个女儿，像了爸爸，一个赛一个俊美。李太在省物资局工作，市场上的紧缺物资她家容易得到，左邻右舍颇是羡慕。我带着出生不久的儿子及小保姆，占居单元房其中一间，他们一家对我们很是关照。

一位同事说，李太是个醋坛子，提醒我小心为妙。据说有一年李老师带了个美女下属去外地出差，国庆节三天假期也不回来，在外游山玩水，李太找到校长哭闹，弄得全校皆知。

李太给我的感觉是精明能干，丈夫女儿穿的衣服都是她缝制的，人见人赞。她是小业主出身的独女，有点骄蛮也属正常。后来发现，他们夫妻原来是"不过话的"，两人工资交予大女儿掌管，要说什么就通过女儿们传话。我问李太何必呢，李太说结婚不久就不说话了，已经习惯，并透露夫妻同床近二十年，无声无息。仅有一次她突然流产出血，听到过丈夫"啧……啧……啧"三声。

那年八月十五的夜晚，我因与先生远隔重洋心情欠佳，李太过来陪我说话，突然听到门外李老师的声音："床前明月光，疑是地上霜……"李太闻之大怒："嘿！别×××酸了！"

诵诗声戛然而止，天地一片静寂。

"小三"还钱

社会近年因婚外情造成很多家庭问题,"小三"偷心掠钱争上位,单靠舆论谴责是不够的,必须以相关法规加以约束。

某女子发现丈夫因包养"小三",先后转账百余万元后,将"小三"告上法庭,要她归还款项。法院认为,男方将大额金钱赠与婚外女方,既非日常需要,又损害了原配的财产权益,且双方基于不正当关系,认定赠与行为无效,判决"小三"须全额返还上述钱款。这种判决镇压邪风,值得赞赏。

前不久听闻一类似官司,男方为了供养"小三"及其家庭,掏空公司,又大举借贷近百万元,他自知无力偿还,走上自杀之路。妻子是在丈夫死后翻查他的记账簿方知详情,但对谁是"小三"却一无所知。此时那些并不富裕的债主涌上门来追债,家中老小生活都难维持,妻子何来还债能力?

原配显然是无辜受害者,但婚姻关系内的债项不论何种用途,却是共同的,此案引发社会广泛争论,法院最后不知是怎样宣判的。

无脑兼失德的男人,在使用家庭财富方面并不顾及家人,认为钱是可以挣到的,外面女人给予的快乐却是可遇不可求的。不要说养一个"小三",自己的能力养多个"小四"都不成问题。

夜宿街边的男人中,不少曾是有"能力"之人,只是他们贪图眼前不顾长远,到丧失"能力"时,便遭人嫌弃无家可归了。

无结局交往

八十三岁的"量子基金"创办人乔治·索罗斯，近日豪掷重金，梅开三度，在纽约一个豪华庄园迎娶小他一半年纪的新娘。

索罗斯可说是世界上最有钱的王老五，不知多少青春少女巴望着嫁给他，但他今次娶的却并非嫩妻，他给予对方一个正式名分，属比较传统的做法，无非是想晚年有个稳定伴侣，生活不会孤独。

许多有钱的单身男人，并不像索罗斯，他们喜欢更新女伴，对这种生活方式乐在其中，从无或不再有走进婚姻殿堂的冲动。

一次，在红磡海逸酒店见到一位美貌女子，她身穿露背晚装，轻挽某绅士手臂，款款步上大堂阶梯，去参加一个豪华派对。她是极其漂亮的混血女子，曾是城中某位富豪的未婚妻，那场海陆空订婚礼轰动全港，但二人始终没有正式注册。因不能忍受感情世界的"拥挤"，她后来携子离开了男方豪宅。她的未婚夫与每一位佳丽都处不长，多则三年少则几个月，分手更易进餐。

这是个永不会成家的男人，他直白："结婚很麻烦，尤其在香港当前的法律体系下，对方会分割走大量的财富，不结婚则要安全得多。"香港有一批仿效他的富男人，孩子可以生，嫁娶则免问。

明知是无结局的交往，为什么还有这么多女子前仆后继，将美好年华送赠给一位老翁，没有爱情，生不下孩子，甚至得不到金钱，真是匪夷所思！

才女迟暮

白韵琹的才华表现在多个领域，主持电台节目被誉为金牌司仪；长年累月写专栏，内容未见枯竭；也曾做艺人，在电视剧中担任角色；晚年参与社会活动，更当选为区议员；投资房地产，身家几个亿……"香江才女"之称谓全城皆晓。

白韵琹年轻时艳名远播。20世纪90年代初，她在我任职的出版社出书，时不时会上来写字楼，我却未曾见上一面。一次，我九时整踏入办公室，同事们知道我很想见见白姐姐，立即问："白姐姐刚出门，见到没？""没有呀！"也许就是擦身而过，咳！无缘对面不相逢。

同事眼中的白姐姐时尚漂亮，一位未婚男士说："她的皮肤跟她的姓氏一样，到底是不一般的出身。"一位少女说："她老了可能也会好看，因为很会保养打扮。"许多年后，红磡新盘海逸豪园开售，在人群中终于见到白姐姐，她戴着宽边帽，衣衫轻盈风雅，她与身边女伴兴高采烈地交谈，精神气十足。

近年媒体所见，白韵琹才女迟暮，丰姿相貌日渐退色，她身边的谢伟俊却正当鼎盛之年，由里到外展现着活力。

以白韵琹的渊博学识，可以解答他人的情感疑虑，合不来就分手或离婚！但正如医生不能医治自己一样，白韵琹面对自身的婚恋，竟只能被动地等待。

错配夫妻

曾经结识一位乡村女教师,她读过几年书,在小学里教算术,丈夫则在山外工作,吃公家粮,隔周回家一次,他们育有一个男婴,小家庭看来挺美满。女教师长得健美靓丽光彩照人,如同山林间一只金凤凰,人见人慕。

有一天,女教师来找我,说:"你虽然比我小,但毕竟是城里人,你听说过'薛宝钗'吗?""薛宝钗?知道呀!《红楼梦》里金陵十二钗之一,贾宝玉之妻。"我这样告诉她。她说想看看《红楼梦》。但在那个年代那种环境,手边又怎会有《红楼梦》呢?而且,以她的语文能力,读《红楼梦》原著也可能有困难。

她告诉我,丈夫最近一次回来,言谈间,丈夫说她是薛宝钗,她不清楚薛宝钗是何方神圣,想弄明白丈夫是什么意思。我大致给她讲了《红楼梦》的情节,不知她听后会否想入非非?

那位丈夫可能读了《红楼梦》,将妻子套入了书中角色,或者,心中真有一位林妹妹也说不定。其实薛宝钗高贵娴雅,才貌更是群芳之冠,即便被丈夫说成是薛宝钗,这个妻子也算是有些"分量"的吧!

像这位女教师一样,夫妻间不时会有些莫名的猜疑和情感波动,有说"十对夫妻九对错配",绝配那对的心心相印也不知真假。此说法是悲观了点,不过,夫妻间心态上的错配确是普遍存在的。

故事，远未开始

(跋)

某日，我站在慕秋家那幢让人羡慕嫉妒的洋房花园里，看到树上正做春梦的青木瓜，大缸里发呆的红鱼，回眸一瞥，正见到慕秋脸上一抹与她年龄同样神秘的笑容，不禁莞尔：这样的生活正是对慕秋最生动的写照。

慕秋出生于苏南水乡，孩提时代到了皇城根下，花季少艾又被历史潮流挟裹到穷乡僻壤。她在那个年代可以不断转换环境，并入读南开大学，相识才子夫君，乃至天津、太原、曼谷、香港的辗转，我以为正是她内心某种坚定豁达且自律的力量，令这个优雅大气的江南女子行走天下，华丽转身。如今她正迎来人生金秋：生活富足而不失情趣；儿子媳妇医界才俊，三个孙儿玲珑剔透，聪慧可爱；自己虽已从香港传媒退休多年，却仍是思索未断、笔耕不辍。

作为《大公报》副刊的责任编辑，可以说慕秋是我多年来最合作最善解人意的作家之一。我所诧异的是：在忙碌到连喘气都要悄悄的香港，她何以在照顾孙儿的同时，隔日一篇，从不拖欠地捧出高质量的文稿？

慕秋曾经写过：女人的一生就是一个传奇。我说她本身就是一个传奇。我深信，迄今我们看到的慕秋，读到的慕秋，仅仅是她内心折射的一个小小角度。慕秋其实是天真的、浪漫的。天真到在偶然的敦煌旅途中，想要永远留在那片沙漠，只为当一个莫高窟千年历史的讲解员，浪漫到做一个快乐祖母尚不够，偏要忘我地写呀写，终于写出一本《错配》来，难道这还不够"小资"吗？

　　故事远未开始，序幕才刚拉开，人生充满偶然。我们等待聆听你的故事，更多、更远、更神秘，沙发已经搬好……

傅红芬
2014.11